十村记

精准扶贫路

主编——刘伟　副主编——纪红建

花 茂 沃 土

卢志佳 杨俊江 著

湖南教育出版社

十村记：精准扶贫路丛书编委会

主　编：刘　伟

副主编：纪红建

编　委（排名不分先后）：

　　　　刘　伟　　赵成新　　纪红建　　黄步高　　刘新民
　　　　黄永华　　徐　为　　刘先琴　　鲁顺民　　李晓东
　　　　胡银芳　　张大鹏　　曾绯龙　　李清霞　　吕纹果
　　　　卢志佳　　杨丰美　　王绍据　　杨俊江　　陈克海
　　　　曾小颖　　张昱煜　　田遂霖　　吕晓策　　陈　凯
　　　　杨　宁　　徐夏楠　　耿坤丽　　张航智　　刘一行
　　　　彭广林

总　序
扶贫路上伟大的历史足迹

贫穷，在不少的时候，是中国社会的历史包袱。因为贫穷，中华民族经历了许多的磨难和屈辱。因此，与贫困的抗争，一直是中国社会无法回避的难题。中国共产党人的革命，也是伴随和追寻着要独立、反饥饿与求生存、谋幸福开始的。最近十年来，在当下的中国，一个伟大的扶贫行动，最终要实现全面脱贫目标的攻坚行动，在以习近平同志为核心的党中央的坚强领导下，在全国很多地方全面持续展开。这是中国历史上直面贫穷展开的伟大反贫困奋斗故事，也是人类历史上最大规模务实和精彩的减贫脱困故事。这套题为《十村记：精准扶贫路》的报告文学丛书所展现的多样丰富内容，就是这些精彩故事的真实动人呈现，是中国乡村社会历史巨变的真实记录，非常具有现实和历史的意义。

在全国各地展开的扶贫故事，其丰富的表现情景各不相同，色彩斑斓。《十村记：精准扶贫路》创意性地选择习近平总书记多年来调查研究，并针对实际情况提出科学合理扶贫论述的十个村子为对象,邀请作家分别深入采访,真实形象描绘其各具个性的脱贫情形,还原经验教训,很好地呈现出中国扶贫脱困的艰巨多样和令人振奋的场景,十分具有解析再现和总结作用。习近平总书记说:"40多年来,我先后在中国县、市、省、中央工作,扶贫始终是我工作的一个重要内容,我花的精力最多。"种子在厚土中发芽生长,情怀在内心滋生延伸。青年时在陕北梁家河的基层农村生活经历,是习近平认识感受贫穷压力的开始,也是他立志扶贫改变人们贫困生活处境愿望的发端。这种情系苍生、悲悯贫弱的心怀,体现出一种崇高纯粹的精神和宽广益世的情怀。正因为如此,才有习近平40多年间的许多扶贫故事,才有党的十八大之后,全面展开的扶贫攻坚、精准扶贫的火热奋斗场景。《十村记:精准扶贫路》,用分散在全国各地的十个贫困村中真实鲜活的人物、乡村命运改变的故事,让我们深入具体地看到了总书记持续不断、真诚投入、现场指导、灵活施策、科学决断的行动;在很多扶贫干部无私、智慧地开拓中,贫穷地方不断减除贫困的过程中,感受到党员干部情系人民福祉的情怀,落实"人民对美好生活的向往,就是我们的奋斗目标"的自觉行动。这些真实形象的记述,为中国历史,留下了深刻立体的脱贫印记。

存在于各地的贫困情景,各有其原因,但大多都因为山高沟深、偏远封闭、环境恶劣、交通不畅、教育落后、观念陈旧等。像福建宁德的赤溪村,村民雷程祖就感叹说,他们是"穷在山上,穷在路上,穷在娶不上媳妇上"。这个挂在半山腰的村子,曾经穷得婆媳共衣裤遮体，全家没有一只像样的碗，人畜同茅屋，过着像原始部落般的日子。山西岢岚赵家洼的村民，过去因为穷困，常年蜷缩在碎砖烂瓦垒砌的破房子内，吃不饱穿不暖，很多人成了"刮野鬼"，到处游荡。在河南兰考的张庄，历来"风沙、内涝、盐碱"三害严重，一年三灾，三年大旱，四年大涝，麦尽干枯，秋禾无望，四野一空的情形多年难变。陕西耀州照金的人们，虽在革命老区，可多年贫困，生活艰辛，房屋破旧，人们时常担心雨天房屋漏雨。在河北阜平骆驼湾村，因为土地贫瘠零散，耕种不易，加之山路难行，贫困成了最经常的表现。在安徽金寨的大湾村，饥饿是最深的记忆。在贵州遵义的花茂村，过去人们"生一次病，要半条命。没有钱望（看）啊"。在四川大凉山的三河村，在湖南湘西花垣的十八洞村，在江西井冈山的神山村，虽然都有美丽的风景，可是因为出门的路啊，阻且长，变成了美丽之困，人们多年来只能用双脚丈量风雨苦难……这些密切联系着人们生老病死的日常生活贫困情景，述说着一家家、一个个人伴随贫穷困苦生活的经历和命运表现，说起来都令人哀伤和感叹！这种锥心刺骨的民瘼，是以"人民至上，生命至上"为治国理政理念的党和政府最为牵挂的重要内容。也正是党的十八大以来，从中央到地方，坚决努力扶贫攻坚，实现脱贫补短板，为全面建成小康社会而奋斗的根本所在。

多年以来，在中国当下的扶贫解困道路上和故事中，习近平同志无论是在地方还是在中央，是作为地方干部还是作为党和国家领袖，都担当着重要的设计和"导演"的角色，使这样伟大而艰巨的工程持续推进并获取辉煌的成果。各处的贫穷困境，是多种原因造成的，绝非喊口号、说大话等可以改变的。在中国扶贫脱困的长期过程中，40多年来，习近平同志不辞劳苦，深入很多偏远偏僻山村，身体力行，持续关心，实地考察调研，用许多的行走和实践书写了"习近平的扶贫故事"。习近平同志曾说："我去了中国很多贫困地区，看望了很多贫困家庭，他们渴望幸福生活的眼神和不怕苦不怕累的奋斗精神，深深印在我的脑海里。"在一份介绍赤溪村扶贫的文件上，他强调脱贫攻坚要"艰苦奋斗，顽强拼搏，滴水穿石，久久为功"；在大湾村，他指出，打好扶贫攻坚战，要采取稳定脱贫措施，建立长效扶贫机制，把扶贫工作锲而不舍抓下去；在十八洞村，他提出，我们在抓扶贫的时候，切忌喊大口号，也不要定那些好高骛远的目标，扶贫攻坚，就是要实事求是，因地制宜，分类指导，精准扶贫；在花茂村，他勉励大家，心往一处想，劲往一处使，汗往一处流，共同把乡亲们的事情办好。在这些贫困村子里，习近平同志像一个农民的朋友、邻居、亲戚，也像一个知兵懂战的统帅，与村民、干部促膝话桑麻，共谋脱贫计。他提出了许多务实具体的意见，筹划了很多事关全局的扶贫策略。正是这些具体建议和全局策略，为各地的扶贫干部和村民指出了行动的方向和道路，使扶贫工作扎实开展推进。《十村记：精准扶贫路》所记述的大量扶贫故事，都是总书记扶贫目标愿望的真实写照，都是精准扶贫故事的美丽演绎，令人感受深刻，心生敬意！

优秀的文学创作，一定是有价值的书写，是对社会生活发展和人们命运改变的热情关注。《十村记：精准扶贫路》这部通过现场采访，分别描绘各地不同扶贫脱贫真实情景的报告文学丛书，是对中国历史空前的反贫困行动的自觉融入和靠近，表现了作家有益的现实文学追求精神，是实现文学"经世致用"，追求历史书写的很好成果。这十部作品题材现实，格调温情，风格质朴，语言平实，作家分别用线性串联的，或是故事组团式，或是历史人物命运变迁等网络交叉结构叙述，在各地贫困乡村人们生活环境和自身命运的变化过程中，真实地表现了历史的重大跨越，讲述了中国当代的精彩脱贫故事，是一种非常有价值的中国乡村历史文学记述。

《十村记：精准扶贫路》的诸位作者，深入扶贫一线，与村民和扶贫干部倾心交谈，在扶贫项目点上直接观察，分别具体形象地描述了各地人民修路、通水、通电、开展林果种植、畜牧水产养殖、利用自然环境和社会资源开展旅游、搬迁新村等努力摆脱贫困的行动过程，其间充满繁复曲折、艰辛奇趣、汗水欢乐，内容非常丰富而动人。看到作品中许多村民告别贫困和艰辛命运后浮现到脸上的笑容，讲述新生活时开心的话语，令人非常欣慰。这一切的到来，依赖于领袖的决策引导，也与当地扶贫干部和村民的不懈奋斗密不可分。作品在客观真实地叙述了这些村子致贫原因和经过艰难努力脱贫情形的同时，对很多扶贫干部的忘我开拓的精神，村民摆脱贫困的渴望、配合投入的行动给予细致描绘，使很多的矛盾纠纷和解决处理过程成为有趣的真实文学故事，具有生动形象的戏剧性感染力量。在不少地方，作家的观察思考，如对于兜底脱贫、对于有些村民搬迁之后如何发展生产与就业等问题的思考，也有益于作品内容的丰盈，令人印象深刻。

《十村记：精准扶贫路》的策划、创作、出版过程，富有个性，是以小见大，以局部侧映全局，以真实生动的精准扶贫故事表现领袖的扶贫情怀、国家的扶贫行动和伟大成果的精心出版活动，创意、实施、结果、影响等，都十分值得点赞。

是为序！

中国报告文学学会常务副会长　李炳银

2020年6月于北京

编者序
于波澜壮阔之中，书感人肺腑之事

2017年8月，北京天气很热。一个清秀的小伙子来找我，说是经朋友介绍，请我出面组织编撰一套书。他，就是湖南教育出版社的编辑杨宁。

杨宁拿出一份选题策划方案，是有关丛书出版的初步构想。丛书初拟书名是"足迹——精准扶贫路"，准备写习近平总书记以扶贫为主题视察过的一批乡村，希望沿着习近平总书记的扶贫足迹，以点带面地展示中国的扶贫成果。

我看了以后，感觉这是个很好的图书选题策划。全面小康、精准扶贫是近些年来非常重要的工作。2012年11月召开的党的十八大，提出了确保到2020年实现全面建成小康社会宏伟目标；2013年11月3日，习近平总书记在湖南湘西十八洞村首次提出"精准扶贫"的重要论述。经过几年的努力，扶贫工作已经取得了一定的成效，我们离全面建成小康社会的目标更近了。这个时间节点，策划这么一套书，政治敏锐性强，市场定位高，出版时机好。

我欣然接受邀请，答应担任这套丛书的主编。

不过，我提出，以"足迹"方式，略显直白，书名还得有文气，接地气。在后来与杨宁的交流中，我建议以纪实的方式撰写，报告文学更好，便于作者基于真实素材而发挥。在习近平总书记视察过的贫困村中选择十个扶贫难度有代表性的、扶贫成果显著的、在全国有示范效应的村子来写：湖南十八洞村、江西神山村、陕西照金村、福建赤溪村、河北骆驼湾村、安徽大湾村、河南张庄村、贵州花茂村、山西赵家洼村、四川三河村。丛书书名改为《十村记：精准扶贫路》，出版社领导和杨宁也接受了。

2018年8月，湖南教育出版社启动丛书编写会议。我和大部分作者赶到长沙，在湖南教育出版社副社长黄永华主持下，我们就丛书的定位、体例、框架、写作风格等进行了讨论。出版社党委书记、社长黄步高提出，要选取精准扶贫成功的典型故事，内容要有可读性，体现专业性。会议确定了基本撰写方案。当时获知，丛书已列入国家"十三五"重点出版规划项目。

2019年4月，我们邀请了众多业内专家在北京举行了初稿评议会。来自中国出版协会、全国扶贫宣传教育中心、中国当代文学研究会、中国报告文学学会、中国图书评论学会及《文艺报》《中华读书报》《中国扶贫》《闽东日报》等单位的专家与会。这些报告文学、扶贫宣传等领域的专家就丛书初稿认真地给予了评价，既有肯定，也指出不足，甚至就一些比较肤浅的文字表达，进行了尖锐的批评，同时提出了十分中肯的修改意见。

会后，杨宁整理了专家意见，发给了我和各位作者。不少作者根据需要又深入村里进行了补充采访，然后对书稿进行较大规模的修改和完善，切实提高了丛书的整体质量。

丛书作者多是请光明日报社驻地记者站推荐，有的是我推荐。作者要有相当的写作能力，尤其是要有深入采访及驾驭纪实类作品写作的能力。

比如，《十村记：精准扶贫路——张庄之问》的作者刘先琴，是光明日报社资深记者，之前还担任过《中国青年报》记者，采访调研能力极强，善于抓大题材。她也是知名作家，身兼河南省作协副主席，除了新闻报道，还出版过十几本散文和报告文学集，她的《玉米人》获第十三届精神文明建设"五个一工程"奖，《今生有缘》获首届杜甫文学奖。《十村记：精准扶贫路——赵家洼的消失与重生》的作者是《山西文学》主编、山西省作协副主席鲁顺民。他当过中学语文老师，后来成为职业文学编辑和作家，出版过散文、报告文学集，获得过赵树理文学奖。《十村记：精准扶贫路——赤溪清水流》的撰稿人胡银芳，是很特别的作者，出版过报告文学、长篇小说等。当然，除了北京广播电台高级记者、作家的身份，她也是福建省宁德福鼎市贯岭村的媳妇，她的婆家与同在福鼎的"中国扶贫第一村"赤溪村相距不远。宁德曾是全国十八个集中连片贫困地区之一，习近平同志曾在此担任过地委书记。在宁德工作时，习近平同志提出过"人穷志不穷""滴水穿石"，写下了《弱鸟如何先飞——闽东九县调查随感》。胡银芳在《十村记：精准扶贫路——赤溪清水流》一书的第一章就写到她这个北京女性"回婆家"的感触。"在后来的三十多年里，无论是采访还是旅行，无论是国内还是国外，我总把宁德的贫困山区和我所到的任何一个乡村作比较。但是，这种比较通常的结论都是——宁德，美丽而贫穷。"正因为她有在闽东生活的经历和感受，所以对赤溪村的描写十分细腻，情感流于字里行间，读来分外感人。

《十村记：精准扶贫路》十本书的作者，都多次到所写的村落采访、调研，深深地感受到这些贫困地区自然条件之差、交通之落后、风俗之难移……十个村落的扶贫经历，折射了中国艰难曲折的扶贫脱贫奔小康的历程。十个村的故事和人物，看似平平淡淡，实则是人物鲜活生动，故事感人肺腑，历程波澜壮阔，在中国扶贫攻坚、实现全面建成小康社会的历史中，留下了十分可贵的、真实的记录。

十本书的作者，个个都有深刻的社会观察能力，都有较强的写作能力，且都有专著出版，我就不在此一一介绍。

这些作者所写到的村落史、人物志，以及他们采访撰写的认真精神，无不令我感动。还有编委会的专家：湖南省扶贫办副主任赵成新、湖南教育出版社总编辑刘新民及丛书的副主编——知名作家纪红建等都在编写过程中做了许多工作。在这里，我要向作者、专家和湖南教育出版社领导、责任编辑杨宁及其他编辑表示真诚的感谢。

《十村记：精准扶贫路》即将付印之际，欣闻丛书入选中宣部2020年重点主题出版物，这是对我们工作的初步肯定。希望通过我们的讲述，能让更多人看到扶贫攻坚中的感人故事。

光明日报社原副总编辑　刘伟
2020年6月于北京

目　录

第一章
悲情山村..001

第二章
荒凉的荒茅田..019

第三章
美梦与噩梦..033

第四章
没有发展的增长......................................073

第五章
精准扶贫造就美丽乡村..........................091

第六章
总书记来了! 121

第七章
出走者的归去来 131

第八章
花茂村的谋局者 155

第九章
厚土深植方能花繁叶茂 187

花茂村扶贫大事记 227

后　　记 232

第一章
悲情山村

一

"妹崽儿哟,起来吃饭喽,饭头我加了盐菜,还加了油哟,香死去了。"母亲的话仿佛从天端的雨雾里被风吹来一样,一丝一缕地飘浮着,若有若无。

连续三天的高烧,刘晓凤粒米未进,蜷在木板床上的烂棉絮里,她觉得自己的灵魂已经飘离了自己的躯壳,随吹过古旧木壁裂缝的风四处游荡。脑壳一会儿方,一会儿扁,一会儿圆,一会儿又脱开自己脖子上,在冰凉、脏乱的地上滚动。

意识和现实已无法分辨。

听到有油有盐菜,"像被鬼推倒起一样",刘晓凤竟然一骨碌爬了起来,棉絮都被踢到了地上。

"尽管烧得迷迷糊糊,连母亲的脸都看不清楚,但却能真切地看到亮晶晶的白米饭和乌油油的盐菜,那是过年时才吃得到的呀!"时隔多年,回忆当时的情形,刘晓凤仍用力吸了一下鼻子,仿佛那碗盐菜饭的香气仍在鼻前。

"生病望(看)不起,十病九睡,睡到好为止。实在睡不好,就自己在家刮痧,刮不好,就'作法请神'。再不行了,就到卫生所打一针,缓解一点儿,接着睡。只要死不了,就绝对不会再去打第二针,费钱。"1980 年出生的刘晓凤泼辣精干,快人快语,说话像鱼儿噼噼啵啵吐泡泡,一串接着一串,别人根本插不上嘴。说起 2000 年以前的故乡,她总结是"出行难、吃水难、浇田难、赚钱难。更难的是上学和望（看）病。生一次病，要半条命。没有钱望（看）啊"！

1996年，刘晓凤初中一毕业就辍学了，在家帮父母种田、放牛，成年人做的苦活累活她都做过。下田插秧，她顶着毒辣的太阳一行行插过去，从南到北几十米的距离，感觉如同从南极到北极一样遥远，黏稠的泥在脚下如同吸盘一样拖扯着自己，每走一步几乎都要使出吃奶的力气，一天下来腰都直不起来，感觉自己随时都会一头栽在秧田里。她时不时会想：也许倒下淹死在冷浸浸（冰冷）的水田里，也是一种解脱。插完秧苗从田里出来，水蚂蟥（水蛭）吸满脚踝，"像戴了两个脚环，害怕得让人哭都哭不出来"。

"实在没办法啊，上边一个哥哥，一个姐姐，两个人都优秀得很，一个考上了贵阳的大学，一个考上了遵义的中专，下面还有一个过继过来的小弟弟在村里上小学。供我们几个崽儿（儿女）读书，父母几乎是把自家（己）的血汗挤干了，把田土拧干了。家里经济实在是恼火（困难）得很，最后就算把家里的谷子都拿到市镇上卖了钱，一家人只喝西北风也供不起了，真是没钱啊。田里，只能产出管饱肚子的生计。"说起当年的情况，刘晓凤像在说别人家的故事一样，平静而淡然，因为当时村子里差不多家家户户都一样，没什么特别的。

狼吞虎咽地吃下那碗加了油的盐菜饭，刘晓凤的病竟奇迹般开始好转，比吃药打针都管用。

在那张睡了几代人的残旧木床上，意识逐渐清醒的刘晓凤开始盘算起"自己都能看到自己老死时的结局"。

这个读了十年书,略知山外世界的山村小姑娘实在不甘心就这么像世世代代的祖辈人一样,如同满山的野茅草般自生自灭,寂然无声。生病了别说去医治,就连鸡蛋或腊肉都吃不上一口。

想一阵儿,哭一阵儿,刘晓凤感觉泪水比发烧时流出的汗水都多。可是,在这个破旧没落的村子里又能怎么样呢?

一个星期后,病好了,她也想好了。

11月中旬的一天,刘晓凤就带了唯一一件可以换洗的衣服离开了家乡。

离开时,母亲还是做了一碗盐菜饭。只是,油没有放那么多。这也是一个操劳半生的母亲,当时所能拿出手的最好食物了。

那天下雨,天又阴又冷。

在大娄山深处泥泞的山路上,一个瘦弱的小女孩儿手里紧紧地攥着一个小包袱,怀着对不可知未来的担忧蹒跚而行。稚气未脱的脸上满满的都是水,她自己也分不清哪是雨水,哪是泪水。忧伤,如同山冈上茂密的茅草,一蓬蓬、一堆堆地压在心上,沉重杂乱,撕人心肺。

回头看一眼老旧空寂的村庄,在雨雾里就像一堆乌黑腐朽的烂棉絮,东一片、西一片地散落在山间的褶皱里,冷冷清清,毫无生气。

沿着这条崎岖泥泞的山路走出去的，还有头脑活泛的王治强，一个极度热爱耕作的年轻人，耕田插秧都是一等一的好把式，就连六七十岁的老庄稼汉都跷指赞叹，谁家田里有事，喊一声他便会出力流汗帮到家。因为家里兄弟多，只有两间通铺房，到了当地农村人"耍朋友"（谈女朋友）的年纪，女方到家里一看，全都转身就走。尽管父母信誓旦旦地向媒人和女方表示有能力起新房，可在山区农村大家都知道，这无疑是痴人说梦。当时只有17岁的他为了"女朋友"决心离别土地，到他乡去"找活路干"。在"打工"这个词还没有正式出现在中国现代语境中时，"找活路"就是进城务工的专有名词。在同家人大吵了一架后，他离家出走。在同学家，善良的同学母亲借给他5元钱，王治强凭此买了张单程车票离开村庄，远走他乡四处打工做学徒。出走的还有当了两届村委会主任和一届村支部书记的王治丰。离开时，他已经56岁。他咬牙离开的原因除了几个子女要成家需要钱外，一个更让人意想不到的原因是："有段时间每天从村委会回家，都要路过村里的肉摊，卖肉的屠户都要习惯性地喊一声'村长，买块肉哈'。说者无心，听者有意，那喊声和肉案上苍蝇的'嗡嗡'声一样让人心焦。因为兜兜头（口袋里面）经常是连买一斤猪肉的钱都没得，那时1斤肉才1块5角钱。连1斤肉都吃不起，还有什么脸面当主任、当支书啊！"

村里差不多能走的人都走了。

男人、女人、15岁左右的"小人儿"，一批批地出走，离开这个飘满水稻乳香、油菜芬芳但却无法再养育自己的故乡。

到遵义、到贵阳、到昆明、到成都、到广东、到上海、到越南、到非洲、到俄罗斯……但凡有饭吃、有钱赚的地方,他们都愿意去出卖自己的力气和汗水,以换取更好生存下去的资本。

要知道,土地是中国农民最重要的"资本",也是他们生命与灵魂的根本。土地与农民之间有着唇齿相依的关系,它不仅是农民的衣食之源,也是生存之本,对农民而言意味着退路和底线。有人说土地是中国农民的命根子,这话一点都不夸张,综观中国农村,人无分老幼,地无分南北,农民对土地的眷念是城里人难以理解的。"几亩地,一头牛,老婆孩子热炕头",这是大多数中国农民的毕生追求,也是中国农村稳定的社会基础。费孝通先生说:"乡下人离不了泥土,因为在乡下住,种地是最普通的谋生办法。"土地对农民而言,更是一种关于精神、家园的符号和文化、家国的象征。离开家乡,告别土地对他们而言,无疑就是一种断臂求生之道。

"我们这些人都是背叛土地的'逃亡者'。"很多年后,说起当年的离开,已有近千万资产的王治强仍是满脸愧疚。

但,单一的粮食农业,已经无法支撑人口快速增长的乡村和中国农民的现代化需求。

刘晓凤他们的离开,代表着当时中国农村与土地的衰落,也象征着乡土中国将要发生的巨变。

国家统计局发布的《中华人民共和国2018年国民经济和社会发展统计公报》显示，2018年全国农民工总数为2.88亿人，而全国农业人口是6亿人，也就是说离开村庄的人口数量占了总数的近一半。刘晓凤他们的村庄，人口外流最多时，也有一半，和全国的基本情况大体一致。

刘晓凤他们的离开及行政区划的调整合并，导致村组数量快速下降。据统计，1985年时全国行政村数量为94.1万，到2016年时减少到52.6万，减少了44%；全国自然村数量从1990年的377万减少到2016年的261.7万，减少了30.6%；村民小组数量也大为缩减，1997年时全国村庄村民小组共535.8万个，到2016年时减少到447.8万个，不到20年的时间里，全国村民小组减少了88万个。

苍天厚土已经无法养育自己的儿女。

当刘晓凤把自己想外出打工的想法同父母交流时，父母都沉默不语。半晌，父亲才长叹一声道："也可以。你，你就自己寻活路吧！"

父亲说完，一家人再没有谁说一句话。黑暗中，只有母亲抑制不住地低声哭泣。

那一刻，一股浓浓的忧伤把刘晓凤包裹得几乎喘不过气来。

那一年，刘晓凤刚到16岁。

她立誓，今生一定要远离这个让她忧伤心碎的村庄。

离开村庄与土地前，他们有一个共同的名字——农民。

二

1992年4月7日。

家在仁怀市长岗镇小孔村的彭龙芬嫁到了这个曾经漫山遍野都长满茅草的村庄。

"那哈儿（那会儿）刚刚嫁过来的时候，可真是'白天泪泡饭，晚上泪泡枕'。"彭龙芬说起刚到婆家时的情景，泪水儿还在眼眶边转悠。

第一次到（丈）夫家，家里的米缸里竟然没有米。

一颗米都没有。

甚至，米缸里连平日掉下的米粉灰都没有了。

这超出了彭龙芬的想象。

彭龙芬和丈夫李在福是经人介绍认识的。

当时她高中毕业，没能考上大学，就在娘家所在村里小学当代课老师，这在当地是很体面的一个职业，工资虽然不高，但也算有个固定收入，算是"半个吃国家饭"的人。加上母亲一直在当村干部，各种条件在当地也算说得过去。听说她和李在福谈恋爱，一干亲戚和朋友纷纷劝她和家人"不要成这门亲"。甚至，到了订婚那一天，还有人悄悄地扯着她的袖子恨恨地对她说："他们家那个鬼地方，嗨，苦得恼火（很严重），他家穷得恼火，那个婆婆妈凶得恼火。而且，那个婆婆妈还有冠心病和肺气肿，是个医不好了的病秧子。"

别人怎么说,她也没太在意。"觉得人好就行,饭有得吃就行了。"

订婚的当天晚上,在皎洁透亮的月光下,彭龙芬帮父亲推磨碾苞谷。贵州人将玉米称为苞谷,这种作物在很长的一段时间内,一直是居住在山地,特别是居住在坡地上农民的主要食物。苞谷引种到贵州约有300年的历史,因为它属于旱地作物,这对自古以来就缺少蓄水工程的贵州山地农民而言,实属易种易活的"保命粮"。

推了一挑又一挑,父女俩相望无言,只有磨盘的咕吱声在清冷的夜色中流逸。最后,在装袋时,父亲捧着粗糙的苞谷面,不知道是安慰她,还是安慰自己,幽幽地说:"那边穷归穷些,但有坝子,有田哪。生病时,最起码也有碗白米饭吃啊!"

父女两人所看重和期望的坝子,是指一种山间相对较平整的谷地,因地处低洼地带,浇灌水源有一定的保障,宜种植水稻等细粮作物。贵州是中国唯一没有平原支撑的省份,境内平均海拔1100米,乌蒙山、苗岭、大娄山、武陵山等众多山脉纵横交错。土地支离破碎,且多是碳酸钙沉积形成的石灰岩,石灰岩溶解后能提供形成土壤的物质特别少,而且自然搬运及成土过程极为缓慢,每形成1厘米厚的土层需要数万年。因此,贵州土地面积碎小,土层浅薄,质量偏差。贵州全省土地面积26 423万亩,耕地总面积6757万亩,而生产力高的土壤只占不到五分之一。全省 88 个县市区共计才有 165 个 5000 亩以上起伏相对较小的耕地坝子，平均每个县仅有 1.9 个，而万亩以上的坝子仅有 51 个。黔中腹地的平坝县，就因县地平旷而得名。

贵州农村的贫困，或者说中国农村的贫困，从根本上来说，其实就是资源性贫困，是土地资源短缺，是人与土地冲突造成的。

贵州人将耕地分为田和土。田，指有一定灌溉能力的土地，能生产水稻、小麦等精细粮食作物。土，多指"望天吃饭"，没有蓄水工程，只能种植玉米、土豆等粗粮、杂粮的旱地。由此可见，对长在大山里的女性而言，能嫁到有坝子水田的地方，就算是生而有幸了。

彭龙芬记得，父亲说完后眼泪就夺眶而出。

彭龙芬也相信，有田坝的地方不用天天吃粗糙涩嘴刮喉的苞谷面，不会愁油亮细润的大米吃。

但结果却超出了彭龙芬的想象。

当时，遵义部分区域持续干旱超过 3 个月。这在"天无三日晴"的贵州实属罕见，干旱程度仅次于 1958 年。

这对喀斯特地貌广泛发育，雨水养农业的贵州山区来说，就是典型的"绝命天"。由于地处遵义、毕节、铜仁干旱带上，加上山地面积比重大，地形起伏，河流深切，生态破坏严重，水源涵养能力差，土层浅薄，又没有工程性蓄水设施，导致相当一部分农民的农作物颗粒无收，人畜饮水困难。上年存粮也消耗一空。

送行的娘家人都来了。

饭，总是要吃一顿的。

没办法，彭龙芬只有赶快揣上嫁妆钱跑到镇上买米。

到了枫香镇街上的粮店一问，这里1斤大米竟要比邻近的鸭溪镇贵出2分钱。彭龙芬捏着几张皱巴巴的纸币，在日光灼灼的街头犹豫良久。汗，让衣服湿透了，也让那几张纸币湿透了。那些在乡间流通的纸币散发出的老旧的味道，彭龙芬多年后仍不能忘怀。为了能省下一块钱，最后她还是下决心跑到了鸭溪镇，买了50斤既便宜又涨饭的糙米，赶紧往家赶。

彭龙芬背着有自己一半重量的米，走一路，哭一路。

"眼泪珠儿差不多和米粒儿一样多了，长这么大还从来没有这么悲伤过，凄苦过。"当时已经22岁的彭龙芬实在记不起，自己从出生到嫁人期间还有什么事能让她如此悲伤。就连没考上大学也没有这样让人悲伤到有些绝望。

但走着走着眼泪就没了。

"因为眼泪水儿已经哭干了。"

彭龙芬盘算着，既然已经嫁过来了，就要想办法改变这一切。怎么改变？她也没理出个头绪来，她还要赶紧回家烧饭待客。

但，改变现状的梦想，已经成了她前行的最大动力。

下午3点多钟，彭龙芬才背着米从旁门偷偷地绕进厨房，生怕娘家人看到，连脚步都如猫儿走路一样轻。把米倒进米缸里，她也像那个倒空的米袋一样，软软地瘫在米缸边。

厨房内，那口破旧的老铁锅内壁上显露着好几道白圈圈儿，那是水烧涨又烧干后降下去时留下的印迹。咳咳吭吭的婆婆妈已经把煮饭的水烧开了一次又一次，就等着米下锅了。

三

"我是好人，我是坏人。"

68岁的程文碧说起自己的过往，用这样矛盾的语言来评价自己。

程文碧是枫香镇上的人，是4个孩子的母亲。

据她自己讲述，1974年刚嫁到这里时，这里的人家基本上都是一天只吃一餐饭。农忙时，加一餐，早九晚五。

其实所谓的饭，大抵也就是把山上的青冈树皮、漆树籽或坡上沟边长老的蕨菜根挖出来，搓成浆，再煮成粉来当主食。折耳根（鱼腥草）、马齿苋、荠菜、灰灰菜和满山的茅草根就是春夏秋冬四季的当家菜。即使这样，也不是每天都能吃饱的。

白米饭，有。

过年过节，翻田插秧做重体力活路（劳动）时，一天吃上一顿，一年加起来，也就能吃上半把个月。

作为"好人"，为了养活几个孩子，养活几位老人，程文碧只好从村子里的土陶厂批发些坛坛罐罐去贩卖。

当地有大片的白泥陶土沉积，从清代光绪年间开始，村里就有人制作粗陶水缸、泡菜坛、黑砂锅等生活用品，这里的土陶在遵义地区也算是行销的"名牌产品"。所以，贩卖土陶就成了程文碧养活一家人的经济来源。

"生产队不做活路时，每天鸡叫两遍就得起来，背上三五十斤的坛坛罐罐出门去贩卖。周遭（边）远远近近方圆50里内所有的村子我都去过说不清多少遍了。反正这里的山路就算没光亮，摸着黑，我基本都可以做到不迷路，不走偏。"为了当"好人"，程文碧用穿着草鞋的脚板，踏遍了她能去的所有的地方。

出门时，经常没东西吃，她就拼命喝水，走起路来前后都在"咣当咣当"响：后面响，是背着的陶器的碰撞声；前面响，是肚子里的清水在晃荡的声响。

程文碧记忆最深的是1978年腊月间，一次外出贩卖陶器，因为没吃东西，负重过多，在跨过一条小溪时，用力过猛加上极度饥饿，她晕倒在地。

醒来，她看到溪水是红色的。

起初还以为是眼花了。又看，以为是朝霞的倒影，但接着她便看到自己的胳膊在汩汩地冒血。

"当时心想，遭（糟）哦儿，坛子肯定摔坏了。压根儿就没想到自己受伤了。"程文碧首先想到的是一家人未来几天的口粮，坛子若摔坏了，大冬天的一家人就揭不开锅了。

程文碧费力地爬起来，仔细检查了背篼里的坛子，见没有损坏，才长出一口气。将外衣撕成布条子，几乎没费她什么力

花茂村陶器

村民在搬运陶器

气,因为衣服是穿了十多年的糟旧百衲,她草草地包扎了伤口,趴在溪边喝了一肚子凉水,扯了一把青黄相间的水草。继续赶路。

程文碧每次出门,单程都要走三五十里路,加上返程差不多有近百里。"其他大队(村庄)的农老二(农民)也没得钱儿,都是用东西换东西,背去时是30多斤陶器,换回来时是30多斤红苕、红苕藤或萝卜。运气好的话,还可以换些苞谷籽。"

只有1.5米高的她,来来回回地负重,瘦弱的身躯被压得都变了形,人看起来更加矮小。

好歹,终于算把几个孩子养活过来。

"坏人",是程文碧一辈子都不能原谅自己的一个沉重"原罪"。

其实,这个所谓"原罪",也实在说不上是什么罪过。也就是她用土陶厂筛选下来的残次品,走村串巷地去换取一点救命的口粮罢了。但对这位善良、坚韧的母亲来说,这是自己一生都不可饶恕的"污点"。

虽然,那些坛坛罐罐并不漏水漏油。

尽管现在程文碧也算是一个有家有业,"粮食吃也吃不完,衣服穿也穿不完,天天顿顿都有肉"的"富人",但讲述自己那段悲惨的经历时,她始终不悲不喜,如同讲述与自己完全不相干的"天方夜谭"。

"我不觉得我遭过的罪比别个(人)有啥子特殊,也不觉得有好惨。这个村子所有人都是这样熬过来的,没有例外。因为这个村子自古到今以来,实在太穷了!"

这三位平凡而伟大的女性生活的这个村子,原名叫荒茅田。

第二章
荒凉的荒茅田

四

  荒茅田村，传说得名于原来村子周围满山遍野的茅草。
  2019年的一个夏夜，我们同这里的十多位老人在村头的一个小广场上摆谈（聊天、闲聊），试图弄清村庄名称的来历。经过激烈的相互"碰撞"，到凉露普降的时辰，我们大致厘清了这个地名的来龙去脉。
  很早以前这里没有人烟，只有满山遍野的杂树和荒茅草以及裸露在茅草丛中灰白色的石灰岩。
  相传到了明朝，有一位姓高的山西籍将军因作战有功受赏，他见此地土地较为平旷，又有河溪纵横交错，相对易于耕种，农民出身的他知道土地的稀贵，于是便恳请朝廷将此地赐予他作安身养老之处。被恩准后，他就带领眷属及所部士兵来此休养生息。到清代，高家落败，社会动荡，各省移民陆续迁来耕居，形成了一个苗族、仡佬族和四方汉民相融杂处的村庄。也有一说是当初这里曾有苗族一个重要分支——大花苗人在此居住，所以叫花苗田。
  这些说法大体也和史实相近。当地各类史志对此间有文字可考的历史记载，也就是从明万历年间开始的。
  这里虽偏居一隅，薄有田土，但也绝非鸡犬相闻、宁静淡泊、飘然世外之桃源。
  史载，明万历二十八年（1600），中国历史上著名的"平播之役"在此展开。雄居一时的播州宣慰司宣慰使杨应龙因兴兵割据遭大明王朝强力镇压，杨氏长达几百年的世袭统治被消解，中央王朝开始在此实行中央委派行政官员的"改土归流"制度。平播之战，不仅成为明王朝灭亡的导火索之一，也让今境内原住居民惨受其殃："十不存一二，田地荒芜，路绝行人。"万历二十九年（1601），遵义军民府始招抚原播州宣慰司、播州长官司原住居民返乡，又从江西、湖广等地移民，同时留驻平播军队屯垦"领照为业""插占为业"。天启年间（1621—1627），永宁（今四川叙永）奢氏与水西（今贵州黔西）安氏又联合一道起兵反明，境内再遭战祸，幸存人口相继逃往他乡。崇祯十七年（1644），农民军张献忠部入川，部分川中人口避难流寓此间，境内人口有所增长。明末清初，朝廷从湖广、广东、广西、江西、福建等地移民"填四川"，部分移民经川中暂住继移川南、川东"插占为业"，来境垦殖，张、王、李、吴、赵、刘、陈、杨等族移荒田所上属的今枫香镇境。移民从中原、蜀地带来的农耕技术，促进了当地农牧业、手工业的发展。同时土地兼并、地租剥削和高利贷盘剥也不断发展。清王朝后期政治日趋腐败，导致社会矛盾日益尖锐。咸丰年间，太平天国军、黄号军、白号军相继起事，境内复遭受战祸，人口再次锐减，社会生产力遭受致命摧残。1911年孙中山领导的辛亥革命，推翻了两千多年的封建专制统治，建立起中华民国，人民本应休养生息，但川、黔、滇军阀相继争夺贵州政权，战乱频仍，此间民众仍处在水深火热之中。1935年，

今日花茂村全貌

工农红军长征途经遵义，多次进入枫香镇境地，国民党中央军乘"追剿"之机，顺势统一贵州。十四年抗战结束，内战爆发，国民政府拉兵派款，官匪相通，匪患严重，物价飞涨，民无宁日，荒茅田村再度凋敝荒凉。一度，村里有不少农户靠种鸦片维持生活。

在中国的版图上，荒茅田村是一个极度不起眼的所在，除了极度贫穷、偏远、荒凉以外，它和其他的行政村并没有太大区别。老支书王治丰说："太荒凉，又不产粮，不出饷（银），只要不造反，不闹瘟疫，历朝历代的朝廷官家把这里都忘掉去了。"

因地处大娄山脉东支中段、乌江流域中段北岸、黔中丘陵和黔北山地过渡地带，这里大小碳酸岩山丘遍及四野，故而荒茅田地力贫瘠，田土零碎，周遭山地只能长野茅草，连像样成材的大树都很稀少。

"老人家们回忆说，荒茅田原来确实荒凉得让人心慌发毛。春天茅草比秧苗高，夏天茅草比人高，秋冬茅草到处飞白毛，牛羊不能吃，烧火用不了。土缺田少，一年种粮一季吃光了。"70岁的村民袁向敏说，"因为穷困边远，姑娘嫁不出，媳妇娶不来。除了满眼的荒茅草，人心里都像长满了荒茅草，没望头（希望）啊！"

王治丰回忆说："我是1942年生人，1949年11月间解放军解放这里的时候我才7岁，但是那些年的事情我记得清清楚楚。当时，这里就是一个字：穷。真的很穷啊，你看过有人拿棕（树）皮做帽子、做衣服吗？那时候还没解放，我们这里的人不会种棉花，也不懂养蚕，没钱更买不起布匹，差不多家家都是从山上砍棕皮来做帽子、做衣裳。睡觉多数都是盖秧被，就是干稻草秆儿，晚上光身子往稻草堆里一钻就算一天了。新中国刚成立时，还有人唱这样的山歌：'一年难有一季粮，十冬腊月棕衣裳。晚上盖的秧子被，白天只得在火旁。'凄惨得很哪！

"因为我们村地处国民党当（战）时的首都重庆和昆明的道路中间，加上穷山恶水，地贫人贫，流窜的土匪还闹得猛，特别是中华人民共和国刚成立头两年，国民党败了（溃散）的部队，伙同周遭（周围）被没收土地的坏地主、恶霸、躲到起（潜伏）的特务和早前就有的土匪'扎起伙'拉枪抓人搞山头，全县大大小小有几十个土匪团伙，加上不懂得政策的穷苦农民，少说也有上万人。他们到处'熛窑箕'（烧房子），在大道上'拉僵'（绑票）过往重庆、贵阳、昆明、广西、四川的生意人要钱，还四处堵抓各区乡的革命先进群众和党员，抓到就杀。力量大的还砸乡政府，抢区政府，很怕人哩。有一个叫雷三儿的，手下有百来号人，周边几个县份都被他整（抢）过。一年到头都要被整（抢）几次。我家算是地主阶级，有些家产，但其实家里的粮食也仅够吃饱饭，青黄不接时，神仙也难过二、三月。就是这样还经常被抢，没办法只好全藏在山洞里，还要埋起来。因为大家都没东西给他们抢，他们就'下板子'（抢衣服）、'搬鳌头'（抢帽子）。更可恨的是，我有个姑姑家也经常被抢,连铺盖都抢,一被抢我家就得送铺盖去,次数多了,实在不行了,最后也只能盖棕被子。1950年11月,遵义剿匪的解放军部队在枫香(镇)抓了匪首国民党三〇五师师长罗秉辉。但一直到1955年,才基本把土匪清算完。前年中央(电视)台的节目还在播,一个国民党的大特务,叫郑什么的(郑蕴侠,中统特务,曾任国民政府中央司法院法制专员、军法执行总监部司法长、少将专员等,较场口血案、沧白堂事件主使人之一,解放后周恩来总理专门指示对此人'生要见人,死要见尸'。1958年5月20日在贵州遵义地区落网),1958年才在离我们不远的务川县被公安抓了。"

忆及当年的匪患,王治丰感慨万千:"土不养人,养土匪,但土匪们连烂帽子、破被子都抢都要,你想一下,我们这里该有多穷啊!"

据《遵义县志》记载:"解放前,遵义虽称为'黔省首善之区',但土地集中在地主富农手中,耕者无其田。民国二十八年(1939),占全县农业人口56%的佃农、雇农靠租种地主土地和帮工为生,所收粮食的50%～60%交给地主后,度日艰难。粮食不够糊口活命,只有向放贷者借谷、借钱,到秋后加谷利加倍归还。""如农民于青黄不接时每向放贷者借十万元,到秋后加谷四老石(合市制十一石四斗四升)与借款同时归还。临时性抵押也有三种:(1)典,农民向富户借款,空口无凭,不足为信,乃以自置之为抵押品,而借贷现洋,其利率在20%至30%,最高者竟达50%,此种利贷,专是剥削农民血汗。（2）卖青苗，农民急于用款，将未成熟之谷出售，是谓卖青苗。唯价格太低，较成熟时约廉至二成以上。（3）牛马借贷，农民无法生活，以牛马作抵押品向富户借贷，唯有一定期限，到时无法偿还，任凭债权者没收，偿还本利……长此下去，佃农焉不赤贫乎！

"灾年，饥民遍野，挣扎在死亡线上。民国三十一年（1942）增收田赋一倍，农民倾其所有，尚不足交租赋。自耕农虽有部分土地，产量低、捐税重，正常年景勉能维持生计。龙坑乡3500亩田土，县城资本家、军阀和本乡大小地主占有90%，93户农民只有350亩劣地，人均耕地0.115亩，常产2斗3升。高平区太平乡310户农民，穿棕衣盖草毡的18户，缺粮半年的85户，半年未吃过油盐的4户，其中141户住土墙房和秸秆编墙的草棚，入不敷出，啼饥号寒。"

年长的村民还依稀记得，1950年前后的时候，当地农民家的房子都是土墙石块加烂木板，或是竹篾谷秆胡乱一编就算墙壁，算个家啦。更穷的，有住祠庙、岩腔（大岩石缝）或者是住溶洞，还有人住过空的石板墓穴，往里边放几捆干稻草，人能躺下也就算个家，和活死人没多大区别。多数人家穿的衣服都没有春夏秋冬的分别，一件衣裳穿在身上就是一年，也可能是一辈子，没得换的。原来的平正乡田坝村有一家，一件冬衣穿了三代人，小一百年吧，千疤补丁重到有十几斤。

荒茅田村的人们，活一辈子，就是围绕着吃饭保命在奋力挣扎。很多人终了一生，饱饭都没吃过几顿像样的，一生便无声无息地过去了。

穷，是荒茅田村有史以来就有的基本常态。

苦，是荒茅田人从生下来就有的生存状态。

五

因为荒凉偏僻，战乱频繁，这里的自然村落小且零散。

几户，十来户人家胡乱地在山脚谷窝里搭个石泥草木的棚房，挨在一起，便算一个村子。

所以，自明清时期开始，荒茅田村先后十余次变更区划并数易其名，以至于村里没有一个人能把村庄的发展演变脉络讲囫囵。

据《枫香镇志》和《花茂村志》记载，今花茂村原来分属遵义县西乡沙溪里六甲、十甲。因时有苗族人家来居，后来移民不明"荒茅"之意，故将此地名音化为"花苗田"。

1912年，废里设区，隶西三上区。

1932年，隶属遵义县第十二下区隆胜乡、十二下区枫盛镇。

1935年至1940年，先后隶属七区泮水和遵义县第六区鸭溪。

1941年"新县制"推行，分属鸭溪区（西区）枫香乡六保、七保。

1949年11月建立枫香人民乡公所，今村境隶属乡公所。

1950年，遵义县委派工作组驻花苗田，废除保甲制，改置行政村。花苗田改建为隆胜行政村。

1953年5月，花茂建乡，原枫香乡隆胜村、民主村（苟坝）合并置花苗田乡，乡政府驻花苗田街上。

1955年，当时人们认为"花苗"有对苗族歧视之意，经当时花苗田乡人民政府研究，并报上级相关部门批准又改名为"花茂"，此名沿用至今。

1956年8月，撤销枫元乡，团结（土坝）村并入花茂乡。

1958年10月，建立花茂管理区，花茂村改建为花茂大队。11月改置为遵义县枫香基层人民公社花茂管理区，随公社并入遵义市。今花茂村分属花茂管理区花茂大队、枫香管理区沈村大队。

1961年8月，恢复遵义县建置，枫香公社复置枫香区，管理区改为花茂公社。花茂大队隶遵义县枫香区花茂公社。花茂公社辖花茂、沈村、土坝、苟坝4个大队。

1980年，今花茂村境内的13个生产队改建为25个生产队。

1984年5月，复置乡、村建制，花茂公社改建为花茂乡，花茂大队改为花茂村，隶属花茂乡。

1992年9月，原枫香镇、花茂乡、纸房乡合并建枫香镇，今村境隶属枫香镇。

1993年，花茂村和沈村合并建立花茂村。

1998年3月，枫香镇人民政府以原枫香区花茂乡地域设

航拍花茂村

花茂片区，花茂村隶属花茂片区。

2003年12月，花茂村领平心、沙堰、刘家湾、同心、长征、联合、万里、红岗、环山、药铺、桶井、水井、上寨、合丰、红旗、永红、土地、九子、坟堡、洋塘、车塘、桥上、龙坑、浪头、大石25个村民组。

至2019年，花茂村境域为：东起乐山镇新华村的石八头、马当头，西迄枫元村的蔡家垭、龙转头，南起土坝村的水门坎，北抵苟坝村的苟村组、杨绿溪堰。

经过一系列变迁，至2019年花茂村总面积达到9.8平方千米，下辖25个村民组，1345户，4950人。耕地5531亩（含无法人工灌溉的山坡旱土）。有党小组2个，正式党员89名，流动党员10名。

这里，地处东经106°21′31″—106°36′63″，北纬27°32′41″—27°43′21″。

这里，距首都北京2056公里，距贵阳233公里，距离遵义市也有62公里。隶属贵州省遵义市播州区（原遵义县，2016年3月撤县设区）。

"当初政府进行地名美化（雅化），对我们这个村子换名反复考虑了很久，开会讨论了几次都定不下来。因为新村名既要听起来和原来的名字很像，以免别个（其他人）搞不明白，又要有美好的含义在里头。后来还是县上来的一个搞文化的领导给取了'花茂'这个名字，就是取意新组建的村子今后一定会'花繁叶茂'，有永远告别荒凉的茅草地，创造富裕新家园的美好愿望。"王治丰说。

愿望,是美好的。

但这个村庄发展的道路却是曲折艰难的。

甚至,是一个苦难连着一个苦难。

第三章
美梦与噩梦

六

"解放前，花茂是'石碑上刻的字儿——几辈儿不会变'，真是世世代代一穷二白，除了苦和饿，能让人愿意记住的事儿真没几桩。要说发展，还真得从解放后土改时开始说起。因为人人都分了田土，日子才算有了过日子的样子，人也活得像个有尊严的人了。"王治丰说。

1949年11月21日，花茂村所在的枫香镇解放。

据当地相关史志记载，解放当月的28日，遵义县人民政府即派员接管国民政府区乡政权。1950年5月，遵义县委派一野军政大学分校一总队部队工作组进驻七区（枫香），为了迅速发展农业生产，改善人民生活，七区工作组首先开展了以秋征、清匪、反霸、减租、退押为主要内容的五大任务。但减租、退押、废除高利贷，并没有从根本上改变土地封建地主阶级所有制的实质。不合理的生产关系仍阻挠生产力的发展。为了解放生产力，迅速发展农业生产，改善人民生活和适应国家社会主义建设的需要，根据《中华人民共和国土地改革法》和《中央人民政府政务院关于划分农村阶级成份的决定》等文件精神，七区于1951年6月在花苗田（花茂）进行土地改革试点，然后分三批在其余24个村进行土地改革。

所有农民第一次分得了属于自己的土地，实现了中国人几千年来耕者有其田的梦想。中国历次大规模的农民起义，其核心诉求并不是很高，基本上也就是不受或是少受统治阶层的极端压榨，渴望有属于自己的田土，合理缴纳皇粮税贡，解决温饱问题而已。

1951年的土改破天荒地将土地全部按人口进行分配，以家庭为核算单位，多劳多得，农民的种田积极性前所未有地被激发出来。花茂村当年就实现了家家有余粮，当时人均占有粮食达到了221公斤。

"就算是吃（喝）醉了酒做梦，也不敢去做这样的梦啊！不仅能分到归（属于）自家的田土，还能产出这么多粮食。我家老汉儿（父亲）讲，当时他经常会半夜起来跑到自家田里去望（看）哈儿（一会儿），坐在田坎上发半天呆，害怕是做梦，醒来就没得啰。第二年收完粮，他守着满满当当的粮缸偷偷地大哭了一场，泪水儿把一大片谷子都打湿了。"71岁的穆光华还清楚地记得父亲当年给他说起分得土地又大获丰收的情形，那是又喜又怕呀。

1952年春，全区土地改革基本完成。

在土地改革中，当时的花茂村经过查田评产，划分农村阶级成分，共分为雇农、贫农、下中农、上中农、富裕中农、富农、地主7个阶级，没收地主阶级的土地和征收富农出租的土地分给贫农、雇农，补充下中农不足的土地。在村土地改革委员会的领导下协商土地分配、造册登记并颁发了土地证书。"均田土，等贵贱"第一次在这个"被遗忘"的山村成为现实。

丈量划分土地时，还有贫农竟然不敢接收，生怕会被反攻倒算。因为在他们世世代代的记忆里，土地从来都是归"强者"所有，自己只能作为佃户，依附在别人身上苟且偷生，这是天经地义的，就像命一样，都是上天注定的。田土归自己所有，这是放开胆子连梦都不敢做的事。有一家父子三人在刚分得的田坎上坐到月升，没人说半句话，因为太不真实了。末了，还是父亲掐了一把自己的大腿，感到了疼，也感到了真实，感到了幸福，说："格老子，回（家）。明（天）鸡叫都来整（干活），往死头（里）整。"

土改中，遵义全县共没收、征收的土地为 480 720 亩，全县无地少地的农民有 72 261 户，341 496 人，户均分地 6.7 亩，人均分地 1.4 亩。土地改革，使农民实现了"耕者有其田"的迫切愿望，农民以主人翁的姿态在自有土地上积极生产劳动，农业生产的快速恢复和发展，使生活有了相应的改善。社会秩序空前安定，农村经济日趋繁荣。

但是，由于新分得土地的雇农、贫农以及中农中的一部分（后区分为下中农）缺少耕牛、农具、种子、肥料等必需的生产资料，在发展生产上"心有余而力不足"。1952 年，全村每户平均只有耕牛 0.7 头（其中役牛只占 55%）、猪 0.8 头、鸡 1.2 只、鸭 0.1 只、羊 0.05 只。据统计，当时遵义县全县共缺耕牛 22 227 头，缺铧口 21 174 件，缺耙 11 680 把，缺锄头 17 768 把，缺镰刀 18 525 把，缺扒梳 17 825 把，缺其他农具 8390 件。为克服这些困难，进一步促进农业和农村的发展，党和政府又开始引导农民走上了互助合作的道路。

遵义县的第一批互助组是1952年春村民在原有换工、帮忙的基础上，在自愿互利的原则下逐步建立起来的。

花茂村也在秋季时开始建立互助组。据王治丰等老人回忆说，入组农户的土地、耕畜、农具等全部生产资料仍属各户私人所有，产品全由各户自行支配，各户独立核算，自负盈亏，只在组员之间自愿实行劳动力、耕牛、农具等的换工互助。坚持"入组自愿，退组自由"和"自愿结合、等价交换、民主管理"的三大原则，互助组在克服困难、发展生产中显示出了一定的优越性。前期建立的互助组都有县、区、乡干部的具体指导，有较强的领导骨干，生产明显地比附近的单干户搞得好，组员的收入也更多，渐渐地周围的农民也跟着组织起来。1953年遵义县的互助组数量已达8903个，入组农户占总农户的75%，每组平均为6.5户。当时这些互助组的类型有三种：临时性互助组，其特点是由邻近的几户农民在农忙时自愿组织起来换工互助，农忙一过自行解散，待下个农忙时节到来时再重新自选对象，另行组合互助。季节性互助组，其与临时性互助组不同之处，一是各户之间换工互助的时间较长，如春耕、秋收、秋种的全季节均实行换工互助；二是对象比较固定，农忙未终结，不得另选互助对象；三是退组、跳组要提前预告。常年性互助组，其特点是组的规模较前两种要大，互助对象常年固定，年未终时，一般不得退组或跳组。各户之间除了在主要农活上进行换工互助外，在副业方面也实行互助合作，少数的组还有少量的共有财产。

"因为花茂人对田土热爱程度高，又怕会出现意外变动，所以有戒心，基本上一直用临时性互助组来做活路。大家都是几家人一起用换活路、还活路的方法在做田头（里）的工作。每组都找个明白（识字、精明）人记工分，到年底前把各家的出工、出时的账抹平，大家谁都不欠谁，公平合理。都是熟悉的人，知根知底，谁也不好意思偷奸耍滑，做活路都肯下力气，田土也给脸，那几年粮食产量每年都有增长，人也欢喜得很。"说起互助组时期，王治丰还是很肯定这种耕作方式的。"如果能一直坚持下来，就不会出现后来的苦日子了！"王治丰始终没有想明白，为什么后来"上边"会把农村的"光明大道"几乎走成了"断头路"和"绝路"。

1953年春，遵义县总结上一年办互助组的经验教训，克服了曾在一些地区出现的大轰大嗡（不分实际情况一股脑地乱上）、简单粗糙、急躁冒进倾向，又总结推广了一批确实办得好的互助组的成功经验，用典型引路，用实例说话，都获得了经验，得到了提高。三岔乡的钟承亮互助组，组织起来的第一年就使全组粮食产量增长了47%，家家增产，户户增收；高坪乡的黄国良互助组当年粮食增产23%。这些典型事例坚定了县里办好互助组的信心。同时县里也对一些办得不好的互助组进行具体分析，不搞勉强互助，不准强迫命令，使一批条件不具备的互助组自动解散。全县互助组由8903个减少到6711个，其中临时组4020个，季节组2360个，常年组331个。

遵义县的初级社（半社会主义性质）试办于1953年冬。

1953年12月29日，第一个初级社仍是由三岔乡的钟承亮领头干起来的，他以互助组为基础建成了"红星农业生产合作社"。至1954年春，全县共建立初级社50个，入社农户1379户，占全县总农户的1.2%，社均28户，分布在11个区、25个乡。这50个初级社是按照"充分准备，条件成熟一个才办一个，办起一个就巩固一个"的要求组建的，社员觉悟比较高，领导骨干能力也较强，并有县、区干部驻社具体指导，增产效果明显，当时人们习惯上称之为"老社"。这50个老社建立后的第一年，平均每社粮食增产19.5%，副业收入增长45.6%。年终分配时除了2.8%的户因病等保持上年收入水平外，其余户户增产增收。

1954年春，花茂村进入初级社。

加入初级社的花茂村以社为核算单位，分配原则是以劳为主，首先从总产值中扣除国家公粮、种子、饲料、公积金、公益金、生产基金、管理费、储备粮、土地租金、耕牛租金、农具租金、副业工具租金、"五保户"生活费后，余额由社管会按照各户的劳动情况直接平摊到户。初级农业生产合作社的主要生产资料仍属社员私有，入社农户除将占耕地面积的7%～10%的土地留作自留地外，其余耕地作"土地股"投交初级社统一经营，各户按入股的常产或实产提取土地报酬，称作"土地股分红"，前者称为"吃死租"，后者称为"吃活租"。初级农业合作社时期，土地、耕牛等主要生产资料的所有权基本上仍然是属于农民个人。

部分花茂村的老人还记得，尽管大家并不是十分情愿，有的人甚至是哭着不愿把土地"还"了。但在强大的政治动员下，村民们还是陆续将刚分到手中"心头肉"一样的土地并入集体公有制的合作社中来。

"因为大家相信共产党，一切都是为了农民好。""上边说一起做、记工分、共分红，这就是共产主义的必经之路。所以，大家心动了，也想快点进入共产主义啊！"2019年的初夏，几位在村头乘凉的老人们在夜幕中叹息着回忆入社时的情形。老人们的叹息，很快就被如水的夜色淹没，被远远近近的虫鸣蛙鼓掩去。

据村民们回忆，今花茂一带的农户多在1954年加入初级社，还没等大家适应过来，很快高级农业生产合作社运动又在此间快速铺开。土地制度的变更让农民们"跟不到脚"，但也都能"跟到走"，因为"共产主义理想就在不远的前方"。

1956年1月26日，中共遵义地委在遵义县三岔乡试点，以红星初级农业生产合作社为基础，建成全县第一个高级农业生产合作社——红星高级农业生产合作社（全社会主义性质），紧接着中共遵义县委在龙坑乡建立了"大风暴高级农业生产合作社"。随之"农业合作化高潮"在全县掀起，未及半年，就成立了高级农业生产合作社255个。今花茂村所属各村组也于此时全部加入高级社。

到1957年春，地区和县里发现高级社的规模太大，超出了当时的干部管理水平，随即对社的规模作了调整，将255个社划为425个社，社均306户，接着再次划分为618个社（此时入社农户已超过九成），社均207户，共辖4372个生产队，队均29户，以生产队为基本核算单位，生产队实行包工、包产、包投资和超产奖励的"三包一奖制"。

当时花茂一带的农村高级农业生产合作社和其他地区大抵一致，都取消了初级社的土地租，全部实行按劳分配，社员的中型农具等主要生产资料以及副业设施均折价入社，由社统一经营管理，其价款由高级社按"三三四"原则分三年付还。在生产上实行计划管理，即作物面积、品种安排、产品产量受国家计划的指导。对于粮、油、烟、猪等四大指标，国家计划对之只起指导作用，在保证完成国家下达的征购、派购任务的前提下，合作社有较多的"因地制宜"自主权。在劳动管理上，实行劳动定额记分制，即"以一个劳动力忠诚劳动一天所能达到的质量与数量"为一个劳动日的定额标准。在耕种上逐丘逐块，分工种植，把工分报酬定在丘块里、工种上，不论是谁去做，只要按规定的质量与数量完成了，就得到应得的工分。按每个劳动者全年所得的工分作为分得实物和现金的依据。实行"按劳分配、多劳多得"原则，扣除定额生产投资，留出种子、饲料、公粮、储备粮、公积金、公益金、来年生产资金、烈军属和"五保户"生活补贴以及社上支出的行政管理费，其余收入按照各生产队的劳动日数平摊到各生产队，再由生产队按劳动日平均分配到各户。这也算较好地体现了兼顾国家、集体、个人三者之间的利益，保证了百分之九十以上的社员年年增加收入，又有公积金、公益金以保证社内鳏、寡、孤、独、残疾者的吃、住、用等，治疗实行"五保"。

"入社后虽然田土不在各家各户个人的手头（中）了，但是当时合作社那个办法（制度）还是能够照顾到各家各户嘞，村社干部们勤快不偷懒，做事情比较公平，也都能实事求是，不乱搞，不糊弄。社员们做活路也都卖力肯干，加上头几年算是风调雨顺，没有啥子大的自然灾害，到1957年我们花茂村人均口粮有215公斤，农民人均纯收入算下来也有60多块钱。大家一天两餐（早上九点左右，下午三点左右）基本上都能混个肚皮'不闹腾'，所以当时大家的心情还是比较快乐，也轻松，做活路的积极性高得很，社员们一起按时出工，听从指挥，尽心尽力地做好分配给自己的活路。哪怕有人被派的活路重了些，出力多做了一点，但社里干部们在群众面前当众表扬一下，都觉得是一项嘿（非常）光荣的事哩。"王治丰对当时集体劳动的情景记忆犹新。

这段光景，在花茂村其他老人们的记忆中也是一个"小阳春"，是值得反复向子孙们说道的"美好时光"。

七

随着人民公社的到来,安逸日子几乎是戛然而止。

"如果说土改和合作社是咱花茂农民们的一个美梦,那人民公社那些年简直就是农民的噩梦。现在想起来心里头都堵得憋不上气儿来,疼啊!"王治丰每每忆及人民公社时期的事情都一脸的悲愤,额头和眼角的皱纹里都堆满了痛苦。虽已过去半个多世纪,但那些刻在脸上的痛苦似乎并没有被时光打磨去一星半点。

据《遵义县志》记载:1958年8月29日,遵义地委在三岔乡首建红星人民公社,9月9日,县委在龙坑乡以"大风暴高级农业生产合作社"为基础,建成龙坑人民公社,全县一个月内就实现了人民公社化。当时,《大风暴人民公社试行简章》是这样规定的:"(1)人民公社是劳动人民在共产党和人民政府领导下自愿联合起来的社会基层组织;(2)宗旨是巩固社会主义制度,积极地、逐步地向共产主义迈进,由各尽所能、按劳取酬,逐步过渡到各尽所能、各取所需;(3)各农业社合并为公社,根据共产主义协作精神,应将一切公有财产交给公社,多者退,少者不补;(4)在生产资料公有化的基础上,社员转入公社,全部无偿交出自留地,并将住房的宅基地、牲畜、果树、林木等生产资料和运输工具转为公社所有,折价作为本人投资,私有大型生产工具及私人生活上的大型用具均折价入社。公社实行工资制：按照每个劳动力所参加工作的轻重、繁简程度和体力强弱、技术高低、劳动态度好坏，由社员评定工资等级，按月发给一定工资。有特殊技术的另加技术津贴，实行粮食折价供给制。全体社员均在公共食堂用餐，不论社员家庭人口多少，均按国家规定的口粮定量标准，折价供应粮食。"公社又根据此简章拟定了工资制度：工副业人员月工资定为6元，农业劳动力月工资3元，并以0.5元的级差定为七级工资制（即工副业人员月工资为4.5元至7.5元，农业劳动力月工资为1.5元至4.5元）；学生月工资1元，不分等级。

《大风暴人民公社试行简章》具有"样板"作用，随后全县各人民公社以之为标准制定了各自的章程。该简章进一步规定：人民公社属农、工、商、学、兵五位一体的政社合一组织，实行供给制与工资相结合的分配办法。为显示"一大二公"的优越性，政府很快又将一乡一社合并为数乡一社或数区一社，将全县刚建立的104个小公社合并为14个大公社，原来的乡改称管理区。社均9945.78户，50951人。分为公社、管理区、生产大队、生产队四级。1958年各人民公社的收益分配结果是：全年总收入8989万元，当年生产费用占23.74%，农业税占5.46%，公共积累占30.8%，社员工资供给部分占40%。由于生产水平低，收入少，许多人民公社应发给社员的工资只发了几个月就告停，唯有农村公共食堂这块"社会主义的前哨阵地"，一直维持到1961年才宣布解散。

"那真是一个荒唐的年岁！我们花茂也学着从外边搬来

的'先进典型'做派（法），轰轰烈烈、高高兴兴地办了农村公社公共食堂。村里全部都搞供给制，统收统支，吃饭不要一分钱。公社专门指派出头（近）十个人成立了烧饭组，用大锅煮饭菜，用大海碗盛，全村老少都集中在一起吃，吃得太凶了。一到饭点，食堂里全是呼噜呼噜的吞咽声，都生怕比别个（人）吃少了，亏呀！所有人都撑开肚皮可起（劲）吃，经常看到有人一顿吞（吃）一斤干面条到肚皮头（里），有的吃撑了就出去吐，吐完回来又加一大海碗，接到（着）吃。经常有过路的生人也来随起（意）吃，我们怕客人吃不够，还主动夺过人家的碗去添加。结果，一年时间把所有的存粮全部吃归一（干净）了。加上吃大锅饭、干集体活路、干多干少一个样，社员们都消极劳动，出工不出力，那田土也就不给力、不出粮。缺粮断炊的日子很快就来了。"花茂村村委会原主任沈朝均摇着头回忆说。

"吃大锅灶那还不是最荒唐的，后来的荒唐事说来你们都不信。1958年夏播时县里发出一个'向天要粮'的号召，让各大队组织群众用背篼、箩筐装泥土挂在树上种红苕、苞谷、黄豆。这还不算，没过多久各公社又组织全体劳动力发憋气翻土深耕，一挖就是一米多深，差不多和人一样齐平了，把千百年的生土翻上来，石头敲出来，再把黑熟土压下去，你说这庄稼还能长好吗？上级还要求公社搞水稻密植，每亩插高秆稻秧三万窝，说是叫'三角丛植'，能叫稻谷（产量）翻个个儿。"王治丰在说起这些荒唐的陈年往事时还能当笑谈来讲述，自己还不时嘿嘿自嘲地笑出声来。但讲到全民大炼钢铁时，他便再无笑意，久阅沧桑的眼里泪光闪烁。

王治丰说："1958年，记得是刚插完秧苗时，公社又组织大家漫山遍野地砍树，全民大炼钢铁，搞罐罐窑土法炼钢。村里一共修建了六座土高炉，要求家家户户都必须交锅送盆，还派人四处找铁，就连几颗钉子都不放过，拿来没日没黑（夜）地烧（冶炼）。一到黑天（晚上）土高炉的火头儿把半边天都照明了，把月亮都烧没了（烧得看不见）。烧到最后，一块钢都没炼出来，还把大家的家当全搭进去了。更闹心的是，花茂公社所有社员都大炼没个鸟用的钢铁去了，田里的稻谷却没人管，也没人收。几场秋雨过去，谷子（水稻）全烂在田头（里面）了。即使这样，花茂公社还虚报浮夸，放'高产卫星'，吹牛皮说一亩田产谷子上万斤。结果牛皮很快就吹破了，一年下来，烂在田里的、老鼠吃掉的、鸟啄去的和超额上缴的，村里基本没有多少存粮了，人均口粮只有80多斤，还没解放前多。最后集体大食堂只能停火断烟儿，家家口口（户户）缺粮断炊。1958年底花茂公社因饿饭（饥饿）引起的消瘦、浮肿病人一天比一天增多，能做活路出大力气的劳力基本都没得了，田土耕种面积开始大量下降。紧接到（着），在1959年春月间（春天）开始大量人口饿死，差不多家家都有有气无力的哭丧声。有几户人家的家口（家人）全部死光，绝户啦。没办法，枫香公社成立了破（自）古以来第一个孤儿院，收养没人养活的孤儿。"

中国自古以来就灾荒频发，综观史籍，几乎是无年不荒，西方学者甚至提出中国是"饥荒的国度"（The Land of Famine）。

土地无收，只有远逃。

逃荒，是中国历史上一个绕不过的名词。这个名词在1959年也成了众多刚刚得到温饱的花茂人想要活下去的唯一选择。

1959年4月的一个早晨，饿得有气无力的王治丰两脚飘忽，摇摇晃晃地爬到后山深处寻找可供果腹的东西，因为近处的树皮、野菜都被挖刮一空了。山上的鸟儿都叫得虚弱无力，和煦的春风吹在单薄的身上都如鞭抽一般。17岁的他费了九牛二虎之力采摘了一背篓青冈树皮和漆树籽背回家，母亲看着枯瘦如柴的儿子如同河虾一般弓背塌腰的情形，老泪纵横，哽咽了半晌，无限悲凉地说道："崽啊，不能这么耗下去了，再这样我们都活不出来呀！母儿（母亲）老了，也吃不了多少，有点东西就能活下去。你正长着（身体），吃不了东西就会饿死，不用管我，去遵义城里讨活路吧，有公家（政府）在，总会有口吃的给你。"

王治丰是个孝子，他怎么都舍不得与相依为命的母亲分离。但经不住母亲再三的苦苦哀劝，最后他还是决定到遵义去试试运气，寻活路。或许，能有办法给母亲讨些米面回来，他想。行前，他又上山为母亲背了几篓树皮草根。这是他唯一能为母亲尽孝的方式了。

离开时，王治丰看见花茂村的田土里有一株幸存的油菜花开得金灿灿的，那黄色让他觉得极度不真实，像在梦里一样。望着那熟悉而又陌生的田地，王治丰欲哭无泪，无奈地踏上了逃荒之路。

"当时也饿得没办法，就一个人出门逃荒了。刚出村不远，就见到一个饿死的人横在路上，四肢细得像麻秆，肚子却胀得像个大坛罐，鼓得吓人，应该是观音土吃多了吧！路上稀稀拉拉地能看到一些外出寻活路的人，都是一脸土色，走路像飘一样，东倒西歪的，感觉风一吹就能把人吹到田坎里去。见面了，谁也不说话，没力气说了嘛。从花茂到遵义一百来里路，我走走、喘喘、歇歇，硬是走了两天多才赶到。路上一边走一边数，快到遵义城时一共见到了24个饿死的人摆在路边，平均四里多路一个。因为见多了，就不怕了，麻木了。"

由于人民公社搞"一平二调"，刮"共产风""浮夸风"，挫伤了农民群众的劳动生产积极性，再加上自然灾害，严重破坏了农村生产力。到1960年，遵义县粮食总产量由1958年的5.78亿斤降到2.8亿斤；油菜籽由1877万斤降到542万斤；烤烟由1615万斤降到22万斤；生猪由235 744头降到23 857头，人民生活面临巨大困难。

花茂公社受影响更大，粮食几乎绝产，土地大面积撂荒，人口大量外逃，村庄和田地几近荒芜。

后来，根据中央指示精神，花茂公社在1960年采取了一系列的调整措施救灾救荒，恢复生产。第一，调整人民公社的规模，在恢复一乡一社的基础上，又按照"三级所有、队为基础"的原则，确定以生产大队为基本核算单位。第二，在全县范围内开展整风运动，彻底检查纠正共产风、浮夸风、瞎指挥风、强迫命令风，反对贪污、浪费、官僚主义。第三，恢复了农民的自留地，并将比例由原来的5%~7%增至10%左右，并向农民公开宣布20年不变。第四，于1961年6月正式停办农村公社公共食堂，粮食分配到户，由社员家庭自行调配生活。第五，为在"大跃进"及历次政治运动中遭受错误处理的干部、社员甄别平反。第六，各级干部层层下放，充实基层，并带头降低口粮标准，与农民同甘共苦。第七，在收益分配上，实行"死任务，活口粮"，即"定征购、定提留、口粮不限"的"两死一活"大包干制度，并把基本核算单位下放到生产队。这样农民的生产积极性又高涨起来，农业生产得以迅速恢复发展。

"61年（1961）、62年（1962），我们这里以生产队为基本核算单位，包括我们花茂在内，全枫香地区的公社和生产队都趁机搞'瞒上不瞒下'，阴起（暗中）搞土地包产到户，各家各户自负盈亏，实行'三自一包、四大自由'的政策。出去（逃荒）的人也都慢慢回屋（家）了，大家做活路的干劲又起来了，62年（1962）大家口粮又有300多斤，基本饿不着了，人均纯收入也有80来块钱。但是，大家都不敢干得太猛了，怕上边和外地人知道了，又要变哪！"王治丰说起当时的情况，声音都变得低沉微弱，仿佛还怕被"上边和外地人知道"。

经过"三年困难时期"的严重破坏后,被土地政策折腾怕了、饿怕了的农民开始千方百计解决肚皮问题。"大包干"成了农民智慧倒逼政策调整的伟大创造,到 1962 年,全国有五分之一的农村实行了这一"保命救命"的土地制度。但 1963 年后,"大包干"被以"走资本主义道路"为理由大加批判,然后被禁止。花茂和全国其他地方一样,再度"返正"到公社集体的路上来。

虽然解放后的土地改革、农业合作社、人民公社等使获得土地的农民与村集体有了自我发展的能力,但因受农业生产技术和条件的限制,加上不当的政策因素制约和影响,花茂村农民的生产积极性还是不够高,温饱问题始终没有得到解决。由于对农业计划管得过宽、控得过严、统得过死,直接导致农业基层生产单位官僚化、机械化,严重挫伤农民种地产粮的积极性和主动性,从而束缚了农业与农村经济的发展。

也许,中国农民最大的优点是对痛苦的选择性遗忘。中国农村的发展史上,苦难和疼痛实在太多了,山乡陋野中的日子,每天、每月、每年都基本一样,人们无喜无悲地活着,任何期望似乎都是奢求。

我们曾反复追问过村里的老人们,在 20 世纪五六十年代,他们最大的梦想是什么。老人们的回答几乎出奇一致:

"当几天县城人,过几天县里的日子。有国家公粮,饿不死!"

八

贫穷，苦难，就像一个黏性巨大的冰冻吸盘，把花茂这个遵义大山深处的村庄牢牢地粘住、冰封在时光深处，几近静止、凝滞。

10年，20年，30年。

1978年12月18日至22日，党的第十一届三中全会召开。

农民梦想的一个新时代正式开启。

接着后来的四中全会公报及《中共中央关于加快农业发展若干问题的决定》等一系列文件政策的出台，冲破了长期以来困扰农村、农业发展的禁区，解放了大多数农村干部的思想，调动了农村生产积极性，特别是包产到户的春风吹融了冰封，给花茂村带来一阵喧腾，再次激发了村民们空前的耕种热情。

"恨不得把每寸田土都吊在半空中耕种，上下左右四面全都种上油菜和稻谷。"王治丰回忆当时种田的积极性时仍手舞足蹈，喜悦与兴奋挤满脸上每一道皱纹。

农民开始把集体的"事情"，变成了自家的"事业"。

美梦再次让这个边远小山村变得生机勃勃。

联产承包责任制的确立与落实，再次激发了农民的生产积极性，促进了农业与农村的高速发展，花茂村群众称其为"第二次土改"。

虽然当时遵义县农村政策仍未完全摆脱"左"的影响，

一边搞"农业学大寨",一边纠正"包产到户",但花茂公社辖花茂、沈村、土坝、苟坝4个大队,53个生产队当年就全部签订了包干合同书。其中花茂大队下辖的17个生产队包干613户。更让农民们欣喜的则是在政府主导下恢复了各集镇的传统赶场(赶集)日期,均为5天一场。

再次得到土地的花茂村农民,将长久以来憋下的干劲一股脑地释放、倾泻出来。

除了种蔬菜的田地,其余土地全部种满了水稻、玉米和油菜,就连山腰巴掌大的石缝中都要种几株庄稼。经常还有两家人因为一窝山腰的荒土或几亩苞谷地,吵得不可开交,甚至"打得头破血流",要靠村干部和亲戚街坊们反复调解才能罢休。

王治丰一家的田土在小季全部种满了油菜,收割时全家老少一起上,挥舞镰刀,几乎一刻不停地从凌晨启明星未落干到晚上长庚星升起,用了整整一天时间才将油菜收完。虽然都累瘫在地头,但一家躺在散发着清香的油菜堆上,看着满天的星斗,竟然几无倦意地齐声高歌《我的祖国》:"一条大河波浪宽,风吹稻花香两岸……"歌声不仅在山间回荡,还引来其他人家的共鸣合唱。

几天后,王治丰把二十多口袋油菜籽卖给粮库,他自己都惊呆了。"一大把钱!很大一把,长那么大,从来没拿过那么多钱。太不真实了,拿着那一沓钱怎么回到家的都不记得了,一路上脑子都是空白的。"

当时油菜籽市价为3角7分一斤,他家共卖了740元。

以前在人民公社大集体的时候,王治丰一家6口人辛苦干上一年,到年底算工分时,多数情况是还要倒差生产队的钱。现在,突然间一次就能将一年种油菜籽的收获卖得740元钱的"巨款",对王治丰来说,这简直就像做梦一样,"那时候拿国家钱的民办教师,工资才18块钱一个月啊。"

王治丰和妻子两人抱着740元钱"数了可能有上百遍,感觉有的钱都快要被数烂了"。怎么用这笔钱,两人合计了小半个月,最后决定用这笔钱先把家里的铺盖全部换一遍,因为之前的铺盖破破烂烂的补了不知道多少次了,被子上有的地方补丁都比棉花厚了。

他又郑重地拿了100元给母亲,让她了了一个心愿——回趟后家(娘家)。当时母亲60多岁,自17岁嫁到花茂村后就从来没有回过后家。尽管她家离花茂村只有20公里。老人家高兴得连续两个晚上都没睡觉,算计着买点什么回去。那时候布是最好的东西,第三天她就到集市上买了几卷布,风风光光地到后家走了趟。

"感谢邓小平,邓公好,了不起的伟人哩!让我们这些'农老二'有饱饭吃。原来我家11口人,每人每个月分到1斤啊!你说能不苦饿吗?"说起邓小平,程文碧眼里就冒出泪花。

自从1978年分到7亩田地后,程文碧就不再翻山越岭地去卖陶器,全家人一门心思地"伺候"和"经营"她说的"邓公田"。一家人没日没夜精心打理来之不易的土地,用她的话说"一家老小猛起整（种），猛起收，猛起吃"。当年秋收过后，她煮了一大锅米，一家人痛痛快快地吃了顿前所未有的饱饭，吃到一家人撑得全呆坐在饭桌前说不出一句话，饱嗝声成了唯一的声响。

1978年前，花茂一带的农民每天只吃两餐饭。分田到户后，很多人家每天要吃五顿饭，有时半夜起来还要再加一碗甜酒粑。王治强个头原来不足1.5米，老人们都说他是"遭罪的娃儿，没得吃，压枯了！"在当地方言中，"压枯"就是因缺乏营养，生长终止的意思。出人意料的是，在分田后的一年多时间里，他竟然又突然长高20多厘米。"因为有吃食了，我一顿有时要吃5碗饭啊，不长高对不起那些白米哩！"王治强分析说，"加上心情好，做活路多，没有不长高的道理嘛。"

到1980年，程文碧家种的水稻已经吃不完了，种的苞谷都用来养鸡、养鸭、养猪、养牛。那几年，从春到夏，从秋到冬"一家人虽然累得不行，但从早到晚全都是笑，晚上做梦都会笑醒，梦里走到哪儿都是粮食咧！"

在地方科技与农业部门的支持、帮扶下，向来粗放经营耕作的花茂村贫困农民们都学会了种植杂交水稻、杂交玉米，掌握了旱地分带轮作多熟制种植技术，开始推广薄膜育秧、两段育秧，逐步开始接受化肥和农药。粮食产量逐年递增，家家的谷仓米缸都不够用了。1980年花茂村实现每个劳动力年农业产值485元，农民人均纯收入205元。

1981年，花茂村所上属的枫香区生产队粮食产量12 050

吨，上交国家公粮 2141.9 吨，占 17.8%。社员"三地（自留地、开荒地、饲料地）粮"1173.8 吨，人均 22.9 公斤。上交生产队补贴费 9185 元，人均 0.18 元。上交大队补贴费 41 602 元，人均 0.81 元。

1983 年，花茂村农户油菜收入多的达 1600 元，稻谷亩产达 400 公斤以上，按家庭人均口粮折算，人均占有粮食 300 公斤左右。这样的农户在全村几乎占一半以上。据统计，在 1979 年至 1983 年间，中国的农业生产总值年平均增速超过 6.1%。1984 年至 1988 年虽然增长速度放缓，但亦达到 4.1%。自家庭联产承包责任制在全国推行之后的 16 年间，中国农民人均纯收入年平均增长率高达 7.3%。"交足国家的，留够集体的，其余都是自己的""当工人不如当一头'沉'（夫妇一方为工人），当一头'沉'不如当农民"等口号都是这时产生的。

已年过七旬的袁向敏在家庭联产承包责任制刚开始实施时正好担任花茂白泥生产队队长。他说："土地新一轮改革（家庭联产承包责任制）后，随便一户人家田里出（产）的粮食收成差不多都与改革前一个生产队的收成相当。农闲时大家就自发组织起来编排花灯戏《走马灯》，感恩党和国家好政策。戏词直接好懂，里外都是深情和感动！"

说到动情处，他还能一字不落地哼唱"中央 1 号文件下基层，土地到户有田种，荒茅田里获新生，感恩中央邓小平……"

这节目在村里一演就是小半年，天天都围满人认真看，有人经常饭都顾不上在家里吃，端着碗跑出来看，看到演出结束一碗饭都没吃完。最后，上至八十老人，下到几岁小崽儿都会跟着一起唱，唱得连演员的声音都被淹没其中。"唱得震天响啊，外村人都能听得见。大家心里舒畅，劲头大啊！"

淳朴的花茂山里人，除了唱，似乎其他方式都不足以表达内心的欢愉。"那几年，田间山上，村里村外，插秧放羊，除了放开嘴巴吃饭，就是放开喉咙高唱。有人上个茅房（厕所）唱，三更半夜梦头（里）还唱咧！"王治丰说。

"饭养身，歌养心"，那时的花茂村就是在丰衣足食的歌声浸润中快速发展。那时的花茂村是"自打记事起，见过的最美好的光景"。村里的老人们在其后的很长的一段时间里，守着空荡荡的村庄如此叹息。

九

王治丰现虽已过古稀之年，对很多事情都已模糊淡忘，但他对花茂土地变革历史的记忆却清晰如昨。

"1984年，上头要求体制改革，人民公社全部都改为乡镇，我们枫香区7个公社改成了6个乡1个镇，原来的生产大队也全都改建或合并成了村。按上级说法儿，这是政经分离了。根据中央1号文件精神规定，以刚签订的生产责任制包干合同为基础，以村经济联合社为发包单位，与原来的承包户重新签订《耕地承包合同书》，实行家庭联产承包责任制，在这时就明确规定了土地所有权归村集体，但是种什么，怎么种，是粮食、菜籽、烤烟还是果树什么的，怎么样来支配，全部都归承包户自主决定，这正合了农民的心思（愿），也是咱共产党领导的社会发展到了这一步，必须这么搞啊！再像过去的那种搞法，这花茂村恐怕真的又要回到'荒茅田'了！"他竟然还能背出《耕地承包合同书》的多数内容。

有村民找出珍藏的《耕地承包合同书》，其中规定：

（1）承包耕地从签订合同之日起，20年不变。

（2）社员承包的耕地和自留地，社员只有使用权，所有权归集体，不准买卖、出租、典当、建居、葬坟、烧砖瓦，不准闲置荒芜。

（3）承包期间，以户计算，增人不补，减人不收，对死亡绝户、农转非户、外迁户以及因超胎生育扣回的承包地，一律由集体收回处理。允许社员将耕地全部或部分交集体转包给种田能手，由承包者以一般口粮标准平价供应部分或全部口粮给转包户。

（4）承包耕地的农户，必须按国家计划种植，全面完成国家各项征购、派购任务和集体提留，社员承包的耕地，经投资加工，提高了等级或栽植林木等，在土地使用权转移时，由集体或新的承包者补偿，凡因掠夺性经营而使地力下降的，要给予赔偿。

（5）耕地承包期间，如遇洪水等自然灾害，使之不能耕种而个人无力恢复的土地，集体应组织力量恢复。国家和集体基建用地，按有关政策规定，承包者必须大力支持，被征用的土地，征用单位赔偿的青苗费归承包者，土地征拨费归集体所有，被征用土地的农户，政府应对其另行安置。

其内容和王治丰所背几乎相差无几。

可见，这次土地政策的调整，对王治丰乃至那代农民的影响何其巨大和深远。

"1998年秋月间，我们花茂村党支部和村委会又根据中央统一安排，马上进行了第二轮土地联产承包，主要内容是延长土地承包期。就是在第一轮土地承包经营的基础上，继续延长承包地使用时间。县里也公布了《关于延长土地承包期工作的意见》，这让大家都吃下了'定心丸'，出去打工的人也不用心里慌慌，两头放不下，两头做不好了，赚钱也都安下了心。这个政策再次明确交代了村里的土地除法律规定属于国家所有的，其他的都属于村集体所有，集体所有者的代表就是花茂村村民委员会，村里集体土地由村民委员会依法进行管理，延长土地承包工作，一律由村民委员会为发包方。那次延长土地承包期，明确要求了不准将原来的承包地打乱按现有人口重新发包，不准随意打破村民组（原生产队），土地所有关系的界限也就是在全村范围内重新平均承包。"王治丰当时已经担任花茂村党支部书记，他亲自主持了这一轮的土地承包工作，尽管这时他已开始谋划离开土地。

我们找到了遵义县人民政府《关于延长土地承包期工作的意见》这份文件，该意见核心规定有：

1. 第一轮土地承包期以来至1998年10月1日期间的下

列人口的承包地收回,重新发包或转包。

(1)正式农转非的农户和人口。

(2)死亡户(含生前无亲属赡养的孤寡户)。

(3)办理"五保"手续后由集体供养的孤寡年迈者。

(4)连续闲置土地两年以上的。

(5)违反政策规定的,无正当理由连续两年未完成粮食征购任务和村提留,乡(镇)统筹的,获奖励的土地又违反相关政策的。

(6)以权谋私或采取欺骗手段多占土地的。

(7)全户人员和户籍迁出本镇(乡)的(移民搬迁按当时文件执行)。

(8)现持农业户口的国家干部、职工、民转公教师。

2. 承包(发包或转包)土地应遵循以下原则:

(1)从1994年算起,土地使用权承包期再延长50年。

(2)违背计划生育政策的超生人口不属于发包对象。

3. 相关问题的处理:

(1)"四荒"继续按原有政策,不纳入发包范围。

(2)国家已征用的土地,不计算在新承包合同内,不得以此为要求新增承包地。

(3)经发包方同意,在不改变土地规定用途的前提下,农户对土地的经营权和使用权可以自愿有偿转包、转让、互换、入股,土地流转要签订书面合同,并呈报镇(乡)人民政府备案。

（4）原承包人死亡的，按法定土地继承人登记发证。

（5）自动放弃土地承包的农户，在新一轮承包期内不得申请承包。

（6）民转公教师本人的责任地，如要承包经营，则要交40~50元的承包费给村委会。否则，由村委会收回另行发包。

（7）大中专毕业生、其他农转非人员，亦按上一项办理。

土地稳定了，人心就稳定了，人心稳定了，粮食产量也就稳定增长了。

1992年，花茂村粮食人均占有量255公斤，到1998年，人均占有量达443公斤。随着政策的稳定，到2007年，人均占有量达到了579公斤。

这轮土地政策的深入延伸，不仅有力地稳定了花茂村的人心，也极大地消除了当时出现的种种深层隐忧。土地，像一根保险绳，既牢牢拴住了亿万农民开始焦躁的心，也一定程度地稳住了处在惊涛骇浪中的城市与中国。

粮够了，心稳了，但其他问题又开始出现了。

1990年，花茂村每个农业劳动力年产值1066.3元，每个工业劳动力年产值890元。虽然折算出产值也不算少，但农民手头的活钱却没了，更多的问题开始出现了。

十

一点不算题外话的话题。

深陷莽莽大山之中的贵州地区,于明永乐十一年(1413)建立行省,明王朝在此建省的目的是吸取南宋灭亡的惨痛教训,需要在云南和内地之间划一道天然战略屏障线,即将原西南几个省相对集中的山地单独划出成立一新的行省。

这里是典型的"八山一水一分田",人多地少,土地破碎,土壤瘠薄,人均耕地面积 0.68 亩,为全国平均水平的 47%,且低于联合国粮农组织规定的人均耕地面积 0.8 亩的警戒线,部分县区还突破了联合国粮农组织划下的人均 0.5 亩的危险线。贵州全省中低产田又占了耕地面积的 83.6%,10 度以上坡耕地占 49.8%,人均基本农田面积仅为 0.3 亩,全国平均水平为 0.8 亩。向山要地,烧山毁林,成为世代贵州农人的基本选择。

"种一(山)坡,收一箩(筐)""苞谷种得比山高,耗子都要跪到(着)吃",这些民谚就是贵州农村和农民生存状态的真实写照。

花茂村和贵州省其他农村一样,富是梦想,穷是常态。

穷则变,变则通。

因为不变、不通就要死人,就会走绝路。

日本原驻华大使宫本雄二曾万分感慨:"贵州省过去真的

贫穷,但人们大多比较淳朴和灵活。或许正是因为如此,他们才能够应对快速的变化。"

灵活是因为生死存亡所逼迫;淳朴大体是因为贵州人只会做,不太会说。

当然,他们也不愿意说。

如包产到户,人人画押,贵州省关岭县的顶云公社就比安徽的小岗村早了17天。

1976年,贵州省关岭县顶云公社陶家寨生产队30多户187人,因为以生产队大集体的方式经营管理土地,窝工怠工情况严重,生产马虎,管理粗放,农业生产严重倒退,致使农民人均年收入不足60元,人均粮食不足200斤,不到一季,断粮断炊就开始出现,农民们实在无法生活下去。春节时,一群靠吃火棘籽、谷糠过年的村民忍无可忍,商议推选年轻能干有见识的陈高忠担任生产队长,希望他能带领大家寻条活路。陈高忠同大家反复偷偷商议,决定包产到组。规定把生产队的田地和劳动力分为三个组,定产量;15头耕牛和所有农具按组分配;旧账一律作废;发展副业。这明显与上级要求的以队为基础的政策相悖,传出去是要被批斗和坐牢的,但为了生存,大家还是达成了一致,并且给全村人定了五条保密规定:"一、全寨大人、小孩不论什么时候,对外(包括亲戚朋友)不能说'包产到户'的事;二、不能把粮食借出去;三、婚丧嫁娶不能大办酒席;四、不能把粮食拿出去卖;五、不管谁问,只能说粮食不够吃。谁要是走漏风声,天打雷劈,大家撵他搬出陶家寨。"

苍天厚土不欺人，只要肯干，不乱干，土地就会有丰厚的回报。是年秋，水稻、苞谷回仓，寨子里很多人都哭了，哭完又笑了。粮和钱真真切切地堆在家里、握在手里，那是几代人都没见过的数量。

陶家寨粮食人均增产300斤，人均收入增加200元。

但这并不算尾声。

陈高忠认为包产到组有的人积极性还是不高，暗里偷工减劳的事依然时有发生，他想把土地分得再细一些，分到各家各户，充分调动所有人的劳动积极性，让钱粮再翻一番。

陈高忠他们便在陶家寨后山一个叫"灯盏窝"的荒凹里再次"密谋"。经过一下午的商议，大家一致决定包产到户，自主生产。当晚，在陈高忠家昏黄的煤油灯下，所有人都签订了"包产到户"的合约，并悲壮地按下了红手印。因为此事一旦暴露，大家都会被扣上"走资本主义道路"的帽子，坐牢判刑的。

1977年，从"包产到组"到"包产到户"的陶家寨再次迎来大丰收，粮食产量比上一年真的又翻了一番。

1978年春，顶云公社八角岩生产队副队长伍正才致信县委、地委、省委主要负责人，正式提出要搞"包产到组"并得到支持。4月10日至13日，顶云公社召集28个生产队队长和贫下中农代表召开农村经济政策学习班，同意大家搞包产试验一年，并改名为"定产到组"。至当年秋收，参加"定产到组"的16个生产队的粮食全部大幅增收，坚持大集体和观望的生产队，粮食产量同上年一样，依旧是种一年吃一季的量。11月11日，贵州省委机关报《贵州日报》头版头条发表了"顶云经验"的新闻报道，并配发长篇的编者按。它旗帜鲜明地肯定了顶云公社"定产到组"姓"社"不姓"资"，是解决当时农村、农业问题的有效途径。贵州省委也将此作为贵州代表团在党的十一届三中全会上的参考经验。

其实，花茂公社各生产队也在"阴起搞"包产到组的"试验田"，只不过害怕"露富"，规模不大罢了。一些资料显示，当时贵州各地农村都有此类"阴起搞"的事例，并且是"屡禁不止"。

其时，对花茂和其他贵州的山里农民来说，搞，有可能会进监狱。不搞，可能很多人就会饿死。

1979年3月，国家农委召开七省三县农村工作座谈会，专题讨论责任制问题。一些领导干部严厉地提出：搞定产到组、包产到户，那阶级斗争还搞不搞？"农业学大寨"还搞不搞？争论的仍是路线问题。《贵州日报》公开宣传的"顶云经验"再次被"千夫所指"。9月，中共中央召开各省、市、自治区党委第一书记座谈会，着重讨论加强和完善农业生产责任制问题。在会上"包产到户"再次激起了广泛的讨论，更是有领导同志进行了激烈的辩论。反对者认为"包产到户"就是分田单干，是资本主义性质的，如果不坚决制止，放任自流，沿着这条路滑下去，人心一散，农村的社会主义阵地就会丢失。

"包产到户"调动出来的积极性是农民个体积极性,不符合社会主义方向。中央文件明确规定"不许分田单干""不要包产到户"是完全正确的。某位支持"包产到户"的领导同志最后说:"你走你的阳关道,我过我的独木桥。我们贫困地区就是独木桥也得过。"会后,有参会人员写了一篇文章,题目就叫作《阳关道与独木桥》。文章以领导间的对话为引子,阐述"包产到户"的必然性和必要性,《人民日报》以整版篇幅发表了文章全文,在全国范围内引起更为广泛和深入的争论。

1980年4月2日,邓小平找相关中央负责人谈话。

邓小平说:"对地广人稀、经济落后、生活穷困的地区,像贵州、云南、西北的甘肃等省份中的这类地区,我赞成政策要放宽,使他们真正做到因地制宜,发展自己的特点。"

邓小平强调:"要使每家每户都自己想办法,多找门路,增加生产,增加收入。有的可包给组,有的可包给个人,这个不用怕,这不会影响我们制度的社会主义性质。在这个问题上要解放思想,不要怕。"

邓小平关于"包产到户"的讲话是自"文革"结束以来中央领导人首次对"包产到户"做出肯定的表态。

受邓小平同志讲话的鼓舞,1980年7月15日,中共贵州省委发布《中共贵州省委关于放宽农业政策的指示》,文件编号为省发〔1980〕38号,以后该文件简称贵州省委38号文件。王治丰等老人对这个文件有着深刻的记忆与体会,他说:"贵州省委38号文件放宽的不仅是农业,更主要的是放宽了人的思想，思想宽了，思路就宽了，发展路子就越来越宽了。"12月，贵州省委向党中央提交的《关于建立农业生产责任制情况的报告》中，将"包干到户"由"副册"转入"正册"，并定性为"社会主义的一种生产责任制形式"。贵州省委认识的提高，推动了"包干到户"责任制的发展，不仅贫困落后地区的社队实行了"包干到户"，相对富裕地区的社队也纷纷起而效仿，而且大都取得了明显的效果。偏远落后的贵州再次开土地改革全国之先声。

贵州省委38号文件为全省建立"包产到户"生产责任制度提供了政策保障，到1981年底，全省98.2%的生产队实行了包产到户，比全国整体提早了整整一年。同时，稳步推进农村整体改革，撤销人民公社，建立乡镇政府和村委会，取消粮食统购，调整农产品价格，恢复和发展农村集贸市场，疏通农村商品流通渠道。而一直到1983年10月12日，《关于实行政社分开，建立乡政府的通知》由中共中央、国务院发布，由此正式开始明确了农村集体经济组织的农地使用权主要归农户使用的制度，也正式宣告了人民公社最终解体。是年，全国98%的农户得到了可以自主经营的承包地，面积占到全国耕地总面积的97%左右，实现了"使用权"和"所有权"的"两权分离"，到1985年春天，这一改革在全国全面完成。由此，农民的市场主体地位确立了。

鉴于"包产到户""包干到户"给农村带来巨大变化的现实，1981年12月，中共中央召开了农村工作座谈会，着重讨论了农业生产责任制的问题，会议形成了《全国农村工作会议纪要》。1982年1月1日，中共中央批转了这个纪要（即1982年1号文件）。该纪要指出：目前全国农村已有90%以上的生产队建立了不同形式的生产责任制。它的建立不但克服了集体经济中长期吃"大锅饭"的弊端，而且通过对劳动组织、计酬方法等环节的改进，带动了生产关系的部分调整，纠正了长期存在的管理过分集中、经营方式过于单一的缺点，使之更适合我国农村的经济状况。

1982年中央1号文件对"包产到户""包干到户"是社会主义经济的界定，彻底地解决了人们对"包产到户""包干到户"的后顾之忧，促进了"双包制"在全国的广泛推行。从1982年到1986年，中共中央每年都在1月1日发出1号文件，稳定家庭联产承包责任制，不断解决遇到的新问题。

"包干到户"是不是独木桥？各级领导、干部群众、新闻单位进而又展开了激烈的辩论。1982年春，新华社记者在贵州进行了长达两个多月的调查，提出"包干到户"不是什么"独木桥"，而是花了很大代价，费了很多周折，用了很长时间才摸索出的一条社会主义的"阳关道"，即有中国特色的社会主义农业的新路子。这个结论，不是某一个人做出来的，而是党与群众实践创造出来的。就在《阳关道与独木桥》一文发表数天以后，中共中央批转了中共山西省委《关于全省农业学大寨经验教训的初步总结》，对"农业学大寨"做出总结与定性。由此，宣告了一个令中国农民有着不愉快记忆的时代终结了。

贵州，并没有停止对土地问题探索的步伐。

土地产出的粮食多了，生存保障危机过去了，人口也随之呈现爆炸式的增长了。如何处理人口变动与土地承包的关系，一直是困扰中国农村基本经营制度的一个难题。由农村集体人口变动带来的每隔几年不得不重新调整承包地的做法，不仅导致农民缺乏稳定的土地投资预期、土地细碎化越来越严重、土地生产力下降，而且带来调地成本的提高，给农民和基层干部带来麻烦，也不利于控制人口增长。针对土地承包后人口不断增加的现实情况，为坚定农民经营土地的信心，稳定土地经营的基本格局，进一步激发山区农村发展的内生动力，贵州在20世纪80年代中后期又摸索出了"增人不增地，减人不减地"的新办法。

经国务院批准，1987年贵州省在毗邻花茂村的湄潭县设立农村改革试验区，就"稳定家庭承包责任制，搞活土地使用权"这一目标，对"增人不增地，减人不减地"的土地制度进行探索。通过"增人不增地，减人不减地"新制度，当地人地关系矛盾成功化解，没有引发社会动荡和大面积的干群矛盾问题。

据了解，湄潭县在1980年实行"包产到户"时，出于今后的发展需求，大多数生产队都预留有一定额度的"机动田"，这些机动田约占村组耕地总面积的5%至10%。但这些有限的耕地资源远远不能满足新增人口要求重新调整土地的需求。由于新增人口与劳动力带来的压力，在农民的强烈要求下，湄潭县于1984年进行了一轮土地调整，采取"调粮不动地，供粮不包田"的办法推行，牵涉90%左右的农户。但是，在重新调整短短3年后，到1987年时，全县又有6%的农户强烈要求重新调整土地。土地不断地再调整，在当时就出现了一系列不良后果，让刚刚复苏的农村经济与社会稳定受到冲击。

长期跟踪、研究湄潭农村改革试验区问题的经济学家周其仁先生分析，这些不良后果首先影响农民对土地承包的预期。因人口增长导致每隔几年一次的土地调整，使农民无法真正获得稳定的土地承包权，影响农民对土地投资收益的预期，进而导致土地生产力下降。其次是土地越来越细碎化。1980年，湄潭每个农户拥有的耕地面积平均为7.28亩，平均每块土地的面积为0.73亩。到了1987年，每个农户拥有的耕地面积下降为5.87亩，平均每块土地的面积也下降为0.59亩。据对新石乡的调查，其户均耕地15块，最大的2亩，最小的不足0.01亩。另外，调地成本高。每次调整土地都得重新核查人口、土地和地块，并要找到大多数集体成员都能够接受的办法，如通过平分、抓阄或动账不动地等来重新分配土地，给村干部带来很大的工作量，给大多数农户也带来麻烦，调地成本很高。

为了解决这些新问题，湄潭县率先采取土地流转、增加新增无地农民务工等非农收入、加快小城镇建设、全面推行农业税费改革与农村养老保险等综合手段，平稳有效地解决了这些问题，确保了"增人不增地，减人不减地"制度的落实并取得显著成效。2018年，全县地区生产总值120亿元，城镇人均可支配收入32 156元，农村人均可支配收入达到13 338元，全面小康实现程度达到97.8%。

1993年，湄潭县"增人不增地，减人不减地"制度被中央采纳并在全国推广。2002年8月29日第九届全国人民代表大会常务委员会第二十九次会议通过的《中华人民共和国农村土地承包法》将这一试验成果列入了法律。

2001年，贵州再次根据农村发展新形势，提出的"四在农家·美丽乡村"建设，也在全国得以推广。

2014年后，贵州为破解"三农"问题中的资源、资金、人力"三个分散"问题，探索开展农村资源变资产、资金变股金、农民变股东的"三变"试验并取得成功。资源变资产指村集体以集体土地、森林、草地、荒山、滩涂、水域等自然资源性资产和房屋、建设用地（物）、基础设施等可经营性资产的使用权评估折价变为资产，通过合同或者协议方式，以资本的形式投资入股企业、合作社、家庭农场等经营主体（以下简称"经营主体"），享有股份权利。资金变股金包括财政资金变股金、村集体资金变股金及村民自有资金变股金。其中财政资金包含各级财政投入农村的发展类、扶持类资金等（补贴类、救济类、应急类资金除外），在不改变资金姓"农"的前提下，原则上可量化为村集体或农民持有的股金。农民变股东指农民自愿以自有耕地和林地的承包经营权、宅基地的使用权，以及资金（物）、技术等，通过合同或者协议方式，投资入股经营主体，享有股份权利。

2017年9月，经农业部批复，增补贵州省六盘水市为全国农村改革试验区，主要承担农村"三变"改革试验任务。

贵州的"三变"试验于2017年、2018年被写入《中共中央 国务院关于深入推进农业供给侧结构性改革 加快培育农业农村发展新动能的若干意见》（中发〔2017〕1号）和《中共中央 国务院关于实施乡村振兴战略的意见》（中发〔2018〕1号）。2018年，中共中央、国务院印发了《关于打赢脱贫攻坚战三年行动的指导意见》，六盘水农村"三变"改革经验再次被写入其中，作为农村土地改革重点方式在全国推广。

在土地资源匮乏，农业欠发达的贵州省能涌现出这么多土地改革方面开创性的探索与成功经验，这并不是偶然。用王治丰的话来说："这都是人多地少的情况逼的，是穷则思变的结果，是从死路上逼出来的活路。"

第四章
没有发展的增长

十一

粮,很快就满仓,且不断有所增长。

钱,却越赚越少,甚至开始入不敷出。

因为农民的经营意识不足、市场发育不健全及计划经济的管理弊端等因素,以耕种为主的农民们的现金收入问题开始凸显。"就如同一个快速长高长壮的小伙儿,个子开(长)大了,衣服却还是小时候的短衫,捆住了发展的手脚,勒住了壮大的身体,完全不适应形势的发展了嘛!"王治丰形容家庭联产承包责任制落实5年后的发展状况时,如此形象地说。

家庭联产承包责任制让花茂村农民的积极性前所未有地提高,大家想方设法在土地里多"刨"点钱,但又怕"变天"白干。农民们用尽百分精力地精耕细作,加上农作物品系改良和化肥的使用,短短几年时间,花茂人就解决了吃饭问题。饭能填饱花茂人的肚子了,但有限的土地,微弱的家庭副业并不能产出房子、衣服、药品以及供其后代读书的票子。

王治丰说:"刚开始那几年,大家有了余粮都藏在家里面,不舍得卖,因为以前饿肚皮都饿怕了,所以有多的粮食也不敢拿出来卖,就怕第二年收成不好再饿肚皮。大家也确实穷怕了、饿怕了,好不容易能吃饱了,却又担心再起变化,又来波澜。当时确有群众发牢骚:怎么总是困难时期定政策,形势好了变政策,运动来了批政策?更怕征购任务变,增加超购粮或过头粮；怕土地经营管理政策变，多劳多得难兑现；怕家庭副业政策又当'资本主义尾巴'给一刀割了去；还怕赶场（集市）交易不让干，有粮有猪但没得地方换成钱。所以，大多数农民并不敢完全放开手脚去'搞钱'，这就错过了一个发展经济的好时期。"

赶场，是长久以来花茂等贵州山区农村最主要的经贸手段，也是农民直接与"钱"打交道的主要途径。

据花茂村的老人们介绍和当地相关史料记载，清代光绪年间，荒茅田逢三、八赶场。当时街上只有十几户人家，市场交易的主要为农副产品。民国时期，仍沿袭逢三、八赶场，直至"文化大革命"初期，市场交易对象为农副产品、铁器、砂器、针线等，食盐用米兑换。新中国成立后，花苗田改为花茂，街上居民发展为30多户，为当时的花茂乡公所所在地，时枫香区供销社在花茂下设花茂分店，扩大了商品供应，较大程度地满足了当地人民的商品需求。随着生产的发展，市场交易日益频繁。"文化大革命"期间，花茂场赶场日期几经变更，先改为农历初五、十五、二十五，后又改为初一、十五，最后又改为逢星期日赶场。在此期间，市场萧条，经营不畅。1980年后，场期恢复为五天一场，仍逢三、八赶场，随着赶场天数增加，市场日渐兴旺，交易产品不断增加。至2007年，花茂街道有百货店10户、烟花爆竹店2户、五金店1户、农药店1户、理发店3户、修理店1户、小吃店4户、药店4户、成衣店1户，基本上能满足当地居民所需。1953年粮、棉、油实行统购统销政策，凡统购统销物资，一律排除私商经营。其他农副产品委托小商小贩串乡赶场，为国营、合作商业代购，付以手续费作报酬。1956年6月22日，对私改造委员会成立。1957年10月，根据贵州省商业厅《关于当前市场情况及加强市场管理工作意见的通知》精神，县以上市管会由商业局领导，县以下市管会由供销社领导。1956年，遵义县内开放国家领导下的自由市场。花茂在完成粮食、油料的国家统购任务后，允许农民进入市场销售粮油。烤烟、青麻、红糖、花生、皮张、药材、废金属等33种商品，由供销社为国营商业代购，私商不得经营。其余物资，放宽管理，允许自由购销和贩运。1958年和1959年，关闭自由市场，正式划分一、二、三类物资。属于统购统销的一类物资，完成统购任务后也不准进入市场自由交易，只能卖给国家。属于统一收购的二类物资，扩大为91种，由国、合商业统一收购，农民有剩余物资需要出售时，也只能销售给国、合商业。并规定，不允许农民弃农经商。1961年至1965年，根据"活而不乱，管而不死"的原则，逐步开放集市贸易，市场日趋活跃，上市物资不断增多，一定程度缓解了农民生活需求，物价逐渐恢复到正常水平。1966年至1976年"文化大革命"中，以阶级斗争为纲，批判"三自一包、四大自由"，割农民自留地和家庭副业的"资本主义尾巴"，集市贸易被视为"滋生资本主义的土壤"而被加以限制，建立贫下中农市场管理委员会，取代原市管会，轮流值班"管理市场"。党的十一届三中全会后，市场管理从"以阶级斗争为纲"的困扰中解脱出来，1978年11月，枫香区工商行政管理所成立后，市场管理随集市开放，服务于社会主义商品经济的发展。枫香集市贸易成交额大幅度地连续上升，市场脏、乱、差的状况得到治理。1980年对上市的农副产品实行划行规市、分类管理：凡属三类农副产品允许上市；完成国家统购派购任务后的一、二类农副产品，均允许多渠道长途运销；允许集体企业、个体经营者长途贩运；允许社员自留地生产的农副产品和家庭副业产品上市交易。

1985年以后，随着农民温饱问题得到根本性解决，同花茂村一样，中国农村人口进入一个平稳、持续的增长期，虽然计划生育政策已开始推行，但在最初的几年里政策在广大农村并没有得到很好的落实，花茂村在这一时期人口呈现爆炸式增长。因为没有配套的农村养老政策与机制，传宗接代、生儿养老、多子多福的传统观念依然根深蒂固。

"那几年感觉满大街都是哇哇乱跑的奶娃儿和小崽儿，学校教室都快坐不下了。"花茂村民刘跃勋回忆说，"粮多了，娃崽也多了！婆娘们的肚皮就像田土一样，肥水多了，就产得多，下得快，还容易活。"

人口增加了，但土地却不可能像人口一样爆炸式地增加。

土地，不仅没有增加，随着城市规模的扩大，经济建设速度的提升，土地面积反而呈现下降趋势。人多地少，农村剩余劳动力大量涌现，人均占有粮食总量开始下降。农民收入增长也开始出现放缓趋势，很多地方甚至出现停滞。尤其是90年代中后期随着物价上涨，农民的农业税费、建房、医疗、教育等投资这些刚性支出增多，化肥、农药、地膜、柴油、农机等农业生产资料价格上涨，对农产品压级压价现象突出。

增长，成了没有发展的增长。

同时，政府机构规模的扩大，特别是1994年开始实行的"分税制"将地税和国税分设后，使地方政府支出不断加大，但收入却大为减少，基层政府财政恶化。众多乡镇政府用"甩包袱"的办法，由农民"接手"财政负担和基层公共支出。因而多达几十种的"村级三项提留，乡级五项统筹"、治安联防费、社会抚养费、劳动积累工、义务工及各种行政性收费、罚款、基金、集资、摊派等名目繁杂的"非税"筹资，成为压得农民"喘不过气来"的负担。

"头税（农业税）轻，二税（三提五统）重，摊派就是无底洞""辛辛苦苦大半年，七征八扣没了钱""杂税猛于虎，榨干农民骨"等生动反映农民生存状态的顺口溜就是当时情形的写照。贵州省扶贫与统计部门在1986年一季度对32个县2238户农户的抽样调查显示，贵州农民人均现金收入仅为55.05元，而支出却达到59.25元，生产性投资为13.63元。收入与支出倒挂成了阻碍农村发展的"拦路虎"。

农民的土地产出，成了当时很多基层政府的"钱袋子"，一些地方的乱摊派、乱罚款、乱收费（"农村三乱"）占了农民收入的三成以上。王治丰说："那时候在村里的主要工作不是发展经济，而是追公粮，那时候要交公粮嘛，一到7、8月份就要追着村民交公粮，交摊派款。追得大家都烦，见了我都躲开走。那时候事情少，村干部就我们三四个人，还有一个会计。我当村主任的第一年，工资是1块钱一天，一年就是360块钱，这样干满了一届，这1块钱就是每年卖了公粮以后，乡政府从公粮钱里提出来发给我们的。后来撤乡并镇，原来的花茂乡政府并入枫香镇政府，村干部工资就涨到240元一个月了，我们这个村比较大，工资比别的村高一点。"

王治丰是在1989年被"没有了发展的"缺钱村民们"硬拖"回来的。

"改革开放后，政府鼓励个体户发展，我是村里第一个'下海'的人。这是经过反复思考的，当时就觉得靠田里的那点收成，要想为两个儿子分头建房、娶媳妇实在太难了，估计到我和老伴在田里干到80岁，也还不上那么大的支出款项。所以我就离开花茂在遵义开了个榨油作坊，周边十来个乡镇的上百万斤菜籽都是在我的油坊榨油，生意做得嘿（很）红火，我也早早就成了村里的第一个'万元户'。那时候的万元户可了不起啦，比现在的百万富翁还值钱哪。后来因为村里发展出现了困难，大家收入渠道太少，田里产的粮食也就只能维持生活，卖不出钱来，有的甚至在田里干一年还是负产出。当时大家开支也大，用钱就出现了问题。1989年夏天，村里几位干部到遵义来，反复找我做工作，希望我能回花茂带领大家从温饱向致富前进。因为考虑到自己是'地主崽儿'（万元户），怕被人整，我就迟迟没有答应。再后来，村民们又先后来了几拨儿，央我回花茂带大家一起干，加上当时一些现代化的乡镇企业开始进军油料行业，竞争压力也比较大，想着自己挣的钱也差不多够后半辈子用的了，于是就盘了榨油坊带着5万多元钱回到花茂，经过村民选举当了两届村委会主任。1996年，我入了党，在1997年的时候，又当了花茂村支部书记。说实在的，回来后才发现要搞经济还是很困难的。一是没资金，花茂村当时基本上是个典型的'空壳村'，集体没有一分钱积累，村干部工资都开不出来。银行又高高在上，不相信农民能搞出什么赚钱的企业，所以不给放款。二是没市场眼光，花茂始终还是山区小地方，村民眼界有限，找不到同市场对路的产业，遵义的乡镇企业都不行，基本上是做一家死一家。花茂离大城市远，没有公路，生产、运输成本都很高，运煤进来还要人背马驮，不说其他的，就是从村边大路边把煤抬到村里每车就要增加三五十元的成本。三是没技术，有些村民自己搞起了陶瓷小作坊，那个也不是集体产业，都是村民自己搞的，两三户人家合起伙来搭一个窑，就是个作坊了。1988年以前吧，最多的时候，村里有六十几户人家在做陶瓷，但是后来慢慢地生产的东西卖不出去了，就搞不下去了。当时经过多方做工作，乡政府以政府的名义组建了一个大一点的厂子，也搞不起来。乡政府有这个意识，想做大规模，当时有很多酒厂跟我们买酒瓶、酒坛，茅台镇上的很多酒厂也向我们买过，五六十年代的时候茅台酒厂也跟我们买过酒瓶、酒坛。那时候茅台酒厂产量、销量也不大，酒香得很，但是也销不脱，3块8角钱一瓶，都吃不起撒，我们这的供销社都有卖，但大家也都买不起，不像现在，想买没地方买。后来大家都用塑料、搪瓷这些，用陶瓷的就少了，再加上我们这里一直都是小规模单打独斗，没有机械化，我们都是手工挖泥，手工做坯，就竞争不过人家那些机械化的陶瓷厂了，很多酒厂就不买我们的酒瓶、酒坛了。像泸州那边都是机械化了，我们就被淘汰了。"

花茂人当时主要的经济收入还是从田土里找。

"种烤烟是唯一能让家家得实惠的产业。"王治丰很愧疚地说。本来想带领乡亲们"洗脚上田"，但最后大家基本上还是在田土里"刨食儿"。

为了赚些活钱，彭龙芬一家只好和左邻右舍一样，在山上的田土里种烤烟。彭龙芬用娘家给的嫁妆钱188.8元，加上农信社的贷款，先买了一头小牛，又租了另外3家人的种6斤种子的土，种4斤种子的田，开始了"大生产运动"。

贵州是中国的烟叶种植大省，因为地处北纬27°线上，所产烟叶金黄，光泽鲜明，富有弹性，香气浓郁，燃烧性好，是中国上等烟叶的主产地之一。到2018年全省烟叶种植面积居全国第二，仅次于云南，烟草制品工业总产值达371.7亿元。可以说烟草是贵州农民重要的"钱袋子""肉票子"。

花茂村坡地土层薄瘦，地力贫瘠，加上烟叶种植和棉花种植一样，投入较大，田间管理耗工耗时，小两口天晴落雨都在坡上忙碌，每天太阳还没起来就上坡劳作，月亮起了，大家都吃完晚饭了，还在坡上忙碌，连六岁的儿子也上坡帮忙干农活。但彭龙芬一家用尽心力，也没赚到多少零用钱，日子仍然过得紧巴巴的。"扣除各种税费，一年到头来卖烟叶赚的现金也就够交孩子们的学杂费和解决一家的温饱问题，给老人和孩子吃顿肉都要盘算好几天才能下决心。"彭龙芬说。

时代在快速地发展，土地上的农民仍在负重前行。

枫香镇武装部部长周成军曾担任过花茂村的党总支书记，关于20世纪八九十年代的情形，他用一系列数据总结当时农民负担情况：枫香镇1993—2007年继续推行农业家庭联产承包责任制，1998年，枫香镇开展第二轮土地延包，农民承包土地期限由1984年的20年延长到50年。2002年全镇实行税费改革，改革前，全镇农业税费1 447 995元，其中：农业税及附加736 243元，乡统筹费556 736元，村提留155 016元。人均负担约43.25元。改革后，全镇农业税费1 180 880元，其中：农业税正税1 093 407元，农业税附加87 473元。人均负担约33.25元。改革后负担比改革前减少267 115元，人均负担减少10元，亩均负担减少约1.5元。

虽然负担有所减轻，但对没有什么"家底儿"的花茂村村民来说，一分钱压倒英雄汉，一元钱都能让他们愁惨几个月。

"粮是叶，钱是花，有叶无花也白搭。叶茂花不繁，大家的生活还是艰难啊！光靠种粮，房子建不起，有病看不起，街道脏得不像个人走的街道，村子烂得不像个人住的村子。填饱肚子早不是问题了，但花茂村还是一穷二白，脏乱差，平时走亲戚，除了婚丧嫁娶非来不可外，其他村的人甚至是亲朋好友没事儿都不愿意踏进花茂一步。"回忆前几年的情形，王治丰仍痛心疾首。

作为世界上最著名的传统农业文明古国之一，中国精耕细作的农业生产智慧已将粮食单产水平提高到世界前列。1990年，中国的粮食作物单产高出世界平均水平54%，但因为人口快速增长，农民分得的田地越来越细碎，越来越少，人均水田已不足半亩了。

土地，这个花茂人世代所依赖的"母亲"，已经无法再提供更多的营养来哺育这个传统的农业村庄。

十二

村子的发展再次陷入静止、凝滞。

10年、20年、30年。

当时的花茂村，除了化肥和杂交种子，农业耕作仍是人种牛耕，以土地为基本生产资料，进一步的发展成了突破不了的"瓶颈"。但由于中国很长时间内对人口流动有着极为严格的控制，绝大多数农民职业和身份改变异常困难，在土地资源有限的情况下，就会不可避免地出现农村劳动力大量过剩，也就是隐形失业。而当政策稍有松动，这些"失业"的农民们便开始离开土地。

有学者将中国农民脱离土地进城分为三个阶段：第一个阶段是从20世纪50年代末开始的"红灯阶段"，进城的途径是当兵转业、大学或中专毕业以及有限的工厂招工。第二个阶段是1984年以后的"黄灯阶段",农民可以进城,但必须"自带口粮",或当个体户,或在附近工厂打零工。第三个阶段被称为"绿灯阶段",从1990年开始,特别是2001年中国政府提出城市化进程战略后,农民进城务工数量开始爆发式增长。

出走,也成了当时花茂人最终也是最无奈的选择。

当时,这个有1345户4900多人的村庄,最高峰时竟有近2800个农民外出打工。2003年,枫香镇农村劳动力状况调查显示,全镇农村总人口33 612人,农村劳动力22 594人,男劳动力14 331人,女劳动力8263人,18～45岁的男劳动力11 941人,18～45岁的女劳动力5807人。全镇外出务工人员4912人,省内务工人员1270人,省外务工人员3642人,这其中花茂村农民占了半壁江山。年纯收入在637元以下的贫困劳动力1821人,年纯收入637～865元的低收入劳动力3088人。调查显示,在家从事农业劳动的有17 682人,占78.26%,从事工、商、服务业的外出务工人员有4912人,占21.74%。至2007年,农村劳动力24 386人,在家从事农业生产劳动的有14 351人,占58.85%,外出务工人员有10 035人,占41.15%。

1994年,全国跨区流动的农民工已有8000多万人。

浩浩荡荡的民工潮卷走了和花茂村一样的农村大部分青壮年劳动力。有经济学家分析,其中很重要的原因是:当时城乡和地区间收入差距不断扩大。打工比在家乡务农收入高出近

80%，在如此大的反差下，肯定会引发更多的劳动力出走。由于贵州当地工业不发达，连当时各地风起云涌的乡镇企业都如凤毛麟角，乡村劳动力大规模地跨区向珠三角、长三角等地流动。因为当时政府和民间还没有组织地进行劳务输出，这些农村剩余劳动力怀着赚钱养家的单纯目的四处"流浪"，其流动具有很大的盲目性和无序性，一度被城里人视为"离流氓差不远的盲流"。劳动部1994年至1995年所做的八省区调查表明，农民出省务工多半是同村或亲友拖带，22%自己外出，12%由工头带领，只有不到5%的人由相关部门组织介绍。

数千名花茂村民，就是这样一个带一个，一家带一家，陆续离开家乡，天女散花一般，在全国各地无序地流浪、赚钱、讨生活。

热闹的村庄，再次显现出一片荒凉的情景。

"从1990年前后开始，能走的都走了，村子几乎都见不到个人影，街道上人烟荒了，田里庄稼荒了，人的心里也像荒了一样。别的地方是'386199部队'，我们村里就剩下'6199部队'了，连'38部队'都走了。再到后来，大约是1998年前后吧，我们就只能算是'386199部队'的'残部'了。为啥叫'残部'？嘿，因为连'61部队'也走了不少，被大人接到城里了呗。也就是你们说的'农二代'（农民工二代、后代）。"村委会原主任沈朝均苦涩而又幽默地说。

沈朝均所说的"386199部队"是指妇女、儿童和老人。"38"指的是国际妇女节，"61"指的是国际儿童节，"99"是指中国传统节日——农历九月初九的重阳节，也叫敬老节、老人节。不论何时，不论多难，花茂人都乐天向上、不屈不挠、苦中作乐，这成了渗入花茂人骨子里的秉性和特质，也成了花茂人未来大发展的潜质。

由于传媒资讯与交通通信的变化，中国农村传统的人文精神正在向现代人文精神转变，土地已不能解决政治、经济、文化等各方面出现的新问题，需要农民向非农化转变。进城，突破了单纯的农业界线；农民开始融入各领域中来。

但进城，却并不是田园牧歌式的轻松与惬意。

1996年，16岁的刘晓凤只身来到遵义市。

她先是在国有企业家属区旁边的一家餐馆做小工，从事最低级的清洗工作，洗碗、洗菜、洗餐桌、洗地板、洗衣服。每天清早4点多钟就得起来开始工作，到凌晨12点才能睡觉，一天下来感觉手脚都不是自己的了。即使这样，一个月的报酬也才120元。这个价钱，在当时还买不了一双像样的皮鞋。

两年中，她一共休息了20天。打工赚钱，并不是她在电视中看到的那样潇洒美好。

1998年，刘晓凤又到一个远房亲戚家的五金商店打工，因为亲戚年纪大了，生意也不太好，就让她用3000元把商店盘了下来。但她两年的全部积蓄只有800元，付了800元后，她只剩下3块钱生活费。亲戚走的时候把所有能带走的都带走了，刘晓凤穷到连盐巴和菜油都吃不起，白饭吃了一天又一天，白菜吃了一季又一季，有时就放一点油星算是糊弄和安慰自己的胃和心。每次到批发市场进货，为了省5块钱车费，近百斤的货品她都是自己背着，一步一步走上十多里路回去。脚上的血泡起了一个又一个，肩上老茧起了一层又一层。就这样风里来雨里去，到2001年底才把欠款还清。

而王治强先后在遵义和毕节各地的建筑工地上打零工，搬砖、和泥、运沙、开卷扬机，什么苦活累活脏活都做过，一年下来口袋里存的钱还没有老板吃一顿饭的钱多。而且还遭遇过某些老板卷钱跑路的事儿，搞得几天连饭钱都没有，大冬天的只能和几个十几岁的孩子一道沿街边乞讨边找活路。后来，他南下到广东省东莞市打工，在建筑工地做搬运工，在凌晨时分从载重卡车上往下搬水泥，下一吨水泥才8角钱，外地农村来的打工者们还要争抢才能得到机会。最多时，他一个人一晚上下过5吨水泥，下到最后身上连汗水都没有了，因为水泥灰粉把人包裹得不透气，更不透汗。经常是累极了，倒头就在露天的木板上睡过去。早晨起来，木板上就会有一个人形的水泥壳。即使这样，拿到手的还是白条，要追着包工头反复索要，一般两三个月才能将白条兑换成现金。

经过多年在城市打拼，王治强用自己下苦力积攒的一点钱，加上在信用社贷款1600元钱购买了一台碎石机，四处在工地上给人打石子。因为人比较活泛机灵，活倒是不缺，但一年下来也赚不了多少钱。1993年，他开始在建筑工地上承包建筑工程，忙里忙外，辛苦了十几年，也没有混出个"大名堂"来，三个孩子却因为随他到处奔波而耽误了学业。"我这辈子最大的错误和遗憾就是在城市里挣扎，没能让三个孩子安心地受教育，上大学。"王治强每与人说起此事，总会内疚不已。

王治丰在1998年村两委换届就辞职了。

早年间当"万元户"时赚下的那些钱早就用了个底朝天，他有三个儿子一个女儿要养活，靠村干部每月240元的工资确实困难。

辞职之后，他也去了遵义打工找活路，一干就是10年。

因为年纪大了，干不了重活，只能帮人家看看鱼塘，管吃管住。一年到头住在鱼塘水面上的棚屋里——一种用装鱼饲料的袋子和木板临时拼凑的简陋"房屋"，夏天热得要死，冬天冻得要命。每月工资也才200元，但不用操心那些催粮催钱的事儿，也算省心。王治丰后来又到一家预制板厂打工，守守大门，孤独清苦，时常几天连个说话的人都找不到。

在城市里，他们即使再苦再累，再受城里人歧视，也不愿回到那个叫花茂的村庄，因为那里实在是太荒凉、太落后、太贫穷了。

最关键的原因是他们在花茂的土地上看不到希望。

贵州省农调队与贵州省扶贫办的调查测算资料显示，贵州省从1987年至2006年，累计向非农产业转移农村劳动力867.73万人，其中跨省输出555.77万人，有组织输出114.06万人，省内输出311.96万人。输出方式由自发和亲友介绍为主向部分依靠中介组织转变。同时低年龄组的劳动力所占比重逐步下降，中高年龄组的劳动力所占比重有所上升。

实际上，像王治丰这样的农民对城市是爱恨交加的。

爱，是因为城市给他们打开一扇窗，让王治丰、刘晓凤他们有了土地所不能给予的现金和充分发挥自己能力的机遇。恨，是因为城市对他们仍然很苛刻与鄙视，城市的大门并没有对他们完全敞开，平等的"国民待遇"依然如空中楼阁。"从农民到工人，从工人到职员，这就是美国简史"，约翰·奈斯比特认为美国的大发展就是由农民创造的，而中国要想实现这一发展，需要一个极为漫长的过程。所以在很长的时间内，中国城市需要的只是农民的劳动力和青春。最终，他们绝大多数人还要在不能提供更多剩余价值的时候，带着一身疲惫和伤病地回到他们并不愿意回去的土地上。

但故乡，已经是"回不去"的故乡。

城市就是这样蛮横，以前是"毫无道理"地从农村"掠夺"粮食和肉食，现在又无情地从农村"掠夺"劳动力和土地资源，在二元结构与城乡分治的对立中，农村一直就是这样卑微、谨慎而又安静地存在着。

这些"摸着石头进城"进行自我拯救的农民，在城市里，他们有一个共同的名字——农民工人。

第五章

精准扶贫造就美丽乡村

十三

如何让村民不再继续背井离乡，阻止村庄继续向空壳化蔓延？

发展，是唯一的出路。

这一点，花茂村历届村干部们都清醒地意识到了。

但发展也是花茂历届村两委面对的最为棘手、最为无奈的问题。

"无业可扶，无力脱贫。"

这是当时花茂村支部委员会和村民委员会总结的"两无"难题。一个交通闭塞、基础设施不全、耕地极度稀缺的内陆山区村庄，仅靠村里自己发展，基本上没有可能成功，或者说在一两代人的时间内是不可能有大的发展的。

村庄在沉闷的迷惘中仿佛又失去了前进的动力和方向。

但变化，也在悄悄地自上而下地进行着。

2005年10月，中共中央十六届五中全会提出了"建设社会主义新农村"的战略任务，把农村建设推向新的高度。中华人民共和国第十届全国人民代表大会常务委员会第十九次会议决定自2006年1月1日起，废止《中华人民共和国农业税条例》，这又是一声振聋发聩的春雷，宣告了中国几千年以来"交皇粮""纳贡税"历史的终结，成为花茂村这样数十万中国农村大发展的新起点。

历史上，中国农民起义，喊出的口号多是和减皇粮、少田赋紧密相连的。如导致明朝灭亡的重要因素之一的李自成领导的农民起义，就直接提出了"迎闯王，闯王来了不纳粮"的诱人口号，所以才有上百万的农民积极响应，狂热追随。

中国共产党把千百年来农民的"终身梦"实现了。

"村干部们这次终于得到了'真正的解放'，再也不用为催缴公粮、农业税这类事情发愁啦！你要晓得，当年村里长期有二十多人（户）交税困难。要么是家里有残疾的、呆傻的，要么是鳏寡孤独，吃饭都有困难的，哪儿有钱交税啊？但上级有政策要求，又不能不缴，我们村干部就只好一趟一趟跑去上门做工作，少的也要七八趟，多的要跑二三十趟才能说服他们想办法把税交齐了。真是造孽啊！"王治丰回想当年催缴工作时仍十分感慨，"现在好了，村干部们可以全心全意想办法谋经济了！"

2005年底，花茂村全部实现免缴农业税、乡统筹和村提留，农民的合法收入全部归农民个人所有。2007年，花茂村所在的枫香镇农业总产值为10 699万元，人均纯收入3765元。"过去农民种地除了缴公粮，还要缴农业税，负担挺重，光景不好的时候甚至吃不饱。现在倒过来了，国家不用你缴粮缴税，还给你种粮补助。"花茂村农民李发青笑着说，"这说明国家富强了。"

国家富强了，农业税取消了，但巨大的"剪刀差"仍然没有消除，靠单纯的农业来发展农村，也仍是"天方夜谭"。

花茂村发展与富强的突破口在哪儿？发展经济的抓手在哪里？

这一度让花茂村的村干部们一筹莫展。虽然他们早在1990年代中期就提出"治理穷山恶水，改变花茂面貌"的思路，但资金和政策支持的短缺，始终是横亘在发展道路上的巨大难题。

机遇，或者说是转折，从2014年开始陆续降临。

毗邻花茂村的另一个村子叫苟坝村，这个村子在中国革命历史上有着重要的地位。

1935年，万里长征途中的中国工农红军在这里召开了一次关乎中国未来命运的中央政治局会议。

1935年1月，中国工农红军第一、第三、第五、第九军团和中央（军委）纵队突围转移到遵义创建川黔边根据地。红军在遵义地区活动长达三个月，建立起中国共产党遵义县委员会、遵义县革命委员会（苏维埃政权）、赤色工会、农会和工农武装游击队。中共中央在遵义县境内，几乎天天都在召开会议，决定中央红军行动方针。尤其是遵义会议、泗渡会议、扎西（云南威信县境）会议、苟坝会议等系列会议确立、巩固了毛泽东在中共中央和红军中的领导地位，使中国革命实现了生死攸关的转折。

3月10日，中共中央在遵义县平安乡苟坝村召集驻苟坝的中央政治局委员、候补委员，中央革命军事委员会委员和部分中革军委局以上人员开会，专题讨论进不进攻打鼓新场的问题。会议从早上开到夜间，毛泽东坚决反对进攻打鼓新场，其余参会者支持进攻打鼓新场的建议。接下来毛泽东千方百计说服周恩来、朱德等领导同志，决定撤销进攻打鼓新场计划，使中共中央、中央红军再一次避免全军覆没的危险。会后，成立周恩来、毛泽东、王稼祥"新三人团"，代表中央政治局全权指挥军事，完成了遵义会议改变党中央最高军事领导机构的任务，进一步确立和巩固了毛泽东在党中央和红军中的领导地位，为遵义会议画上了圆满的句号，也有了四渡赤水的"最得意之笔"。

同样也是因为偏远，苟坝村也几乎被历史遗忘。尽管它完好地保留了当年中央政治局会议的会场以及毛泽东、周恩来、朱德等中国共产党第一代领导人的居所等革命旧址。

2014年新华社一篇反映苟坝会议旧址荒废，亟待拯救性保护的稿件引起相关方面的关注。在上级部门的要求下，遵义市党委和政府决定开发这片红色革命圣地，为当地农民"谋业"助力，让村民不再背井离乡，并借此摆脱贫困，真正走向富裕。

从弱处攻坚，向短处发力。打基础，谋长远，地方党委、政府所做的第一步就是使"四在农家·美丽乡村"创建工作提档升级，虽然花茂村从2003年便开始"四在农家"建设工作，但力度不大，农民意愿不强，成效也不明显。这次，政府部门从整治村容村貌，整治脏乱差入手，联合苟坝、花茂、土坝等几个村子以整体捆绑的方式发展非农产业，推动红色旅游与农

今日整洁宽阔的街道

业观光旅游产业发展，系统、精准助力当地农村与农民脱贫致富。

其实，以新农村建设为突破口，自 2000 年开始，国家就已经开始把基础设施建设和社会事业发展的重点转向农村，国家财政新增的教育、卫生、文化等事业经费和固定资产投资的增量主要用于农村建设。国债投资和中央预算内投资，每年用于农村水电路信气的都在 300 亿元以上。"四在农家"是遵义革命老区人民自发创造的一个中国新农村建设"革命经验"。顺应农民谋富、想学、求乐、寻美的需求，政府开创性地提出"富在农家，学在农家，乐在农家，美在农家"的乡村精神文明创建活动，以引导农民增收致富为前提，努力改善农民人居环境和生产生活条件，从而达到改变农民精神面貌，实现全面富裕的目的。后来贵州省将之推广、提升为地方政府的整体发展战略，统筹城乡一体化建设，调动一切积极因素参与新农村建设，与城市支持农村、工业反哺农业相结合，全社会共同促进贫困农村发展。

为了精准帮助农民达到以上目标，政府指导帮助每户农民找到一条适合实际情况和农民个人条件的致富增收路子，使之尽可能逐步建一幢宽敞宜居的房院，有一套实用且较现代的电器与家具，掌握一门以上现代农业实用种植养殖技术，有一间卫生干净的厕所和安全洁净的厨房，人人都有一种健康文明的文体爱好等。

同时，支持帮助农民实现通电、通自来水、通标准化的乡村公路、通电话、通广播电视，改善居住环境、改造厕所、改灶，建设村级文化广播室、建文明宣传栏、建体育健身场所等"五通三改三建"。政府部门提供水泥、青瓦、粉刷用材等，包村驻村干部带领农户投工投劳，因地制宜改善、改变居住条件和环境等。

20世纪60年代后，花茂村农民在生活条件得到一定程度的改善后，便开始陆续改造修建住房。当时村子里所建木结构瓦房规模都比原来老木房要大一些，5柱基本被淘汰，大多为7柱，高度为6~6.6米，宽度每空加30厘米到40厘米。改革开放以后，随着土地承包责任制的实行，生产力得到了解放，农民改造居住条件的积极性进一步高涨，农民自己打砖、烧砖，建砖木结构瓦房比较普遍。2000年以后，花茂村部分农民住房意识发生根本性的变化，建房不但讲究建筑面积，还讲究配套设施及外观装饰，房屋外墙一般都要贴墙砖等，但民房毫无地域特色。"就像城市里的公共厕所一样，白花花的瓷砖从上贴到下。"花茂村人戏称当年的新房为"茅厕房"。

花茂村相关资料记载，2003年，花茂村在白泥村民组开展"四在农家"建设，遵义县挂帮单位供电公司补助30万元，镇政府投资30 000元，群众集资35 000元，投工3000余个，硬化3.5米宽的进寨路3000米，1.5米宽的串寨路3000米，0.8米宽的联户路1200米，完成浆砌保坎500立方米，粉饰屋脊100户，修建庭院围墙200米，改厕改灶20户。

经过初步治理，村庄面貌有了一定程度的改善。

但脏和乱的现象，仍然没有得到根本改变。

花茂村当初有多乱？有多脏？据村民们描述，"到处是破败的木房、七歪八扭的低矮砖房"，"下雨天出门，鞋子会被烂泥包裹得迈不开脚"。

从外地嫁到花茂村的媳妇黄国琴回忆说："刚来花茂时，大多数的通户路都只有两只脚那么宽，不是路窄，是路两边全被黑又臭的垃圾堆满，一到热天就要紧到跑，不然苍蝇蚊子扒一身。那时苍蝇蚊子多到一团一团地围着人转，赶也赶不走，打也打不完。嗡嗡叫的声音从早到黑，人都没得个躲处。要是放张粘蝇贴，半天就粘得满满当当的，黑乎乎、油油腻腻的一层，看得人头皮发麻，晚上睡觉做梦都在打蚊子。"

因为村庄内外环境太脏乱，曾引发诸多安全事故和疫情。如1991年6至8月间，花茂乡出现了大面积的炭疽病疫情，全乡患炭疽病的有4人，肺炭疽还造成1人死亡；死亡耕牛50头，马9匹，猪4头，狗12只。

"那几年花茂村是天晴一身灰，下雨一身泥，村里到处都是臭味乱飘，都能压盖住煮饭煮肉的香味。你说如此吓人的生活环境，连自己村里出去的人都不愿回来，怎么能吸引城里人来花茂村观光旅游呢？改善生活、生存环境，全面提升'四在农家'建设水平，才是留住人、吸引人的唯一出路，这就是花茂村精准扶贫的突破口。"时任村委会副主任的彭龙芬说。

旧房改造

十四

"'四在农家'提档升级工作,可以说是花茂村新农村建设的又一次革命。这次建设就像一个导火索,政府的资金和政策支持就像火药包,我们的村民就像爆破手,由外而内,同心同德一起发力,从炸掉脏乱差开始,一步步精准有效地攻克花茂的贫困堡垒。"曾任花茂村第一书记的驻村干部周成军说,"农民有了积极性,很多原本打算在城里买房的打工农民都主动回来改造老宅旧居,我们党委和政府也坚定抓统筹强特色,加强山地特色新农村建设,进一步提高新农村综合承载能力,实现'三农'发展新跨越。我们按照产业兴旺、生态宜居、乡风文明、治理有效、生活富裕的总要求,详细制定花茂村的振兴战略规划,实行新一轮'四在农家·美丽乡村'小康行动计划,围绕走城乡融合发展之路,推动改造农村面貌建设取得根本性突破。推进城乡基础设施共建共享、提档升级,促进基本公共服务普惠共享、城乡一体。"

周成军说:"要将花茂建设成美丽乡村,我们首先从改善农村环境抓起,让村民在短时期内看到身边变化、享受到良好的人居环境,从而激发他们积极投身美丽乡村建设的内在动力。我们坚持规划先行,让田园风光、农家情趣、乡愁意绪永驻乡间。在县、镇党委和政府的支持下,我们通过精心的规划设计,切实提高花茂村整体布局水平、村落规划水平和民居设计水平,避免把村庄建成'军队营房',把民居建成城不城、村不村，分不清时代的'万国房'。农村就要像农村，要依山就势、傍河就景、错落有致，与自然山水融为一体，体现生态田园风光。民居的外在风貌要有地域和民族特色，彰显农村蓬勃生机，内部功能要现代实用，有利于群众享受现代文明生活。民居设计要前庭后院，建设'微田园'，既满足群众发展种养副业的需要，又彰显鸡犬之声相闻的农家情趣。做到'产村相融'，与产业发展相配套，村庄布局、村落规划、基础设施建设、民居功能设计等方面，都要有利于发展生产，提高农村的承载能力、服务能力和发展能力，帮助农民增收致富。环境脏乱差，是农民群众反映强烈的突出问题，也是阻碍农村发展的一大瓶颈。建设美丽乡村，一个很重要的任务就是治理环境，整治脏乱差、建设洁齐美。要大力开展乡村清洁工程，从垃圾治理抓起，因地制宜建立和推广农村垃圾'户分类、村收集、集中处理'的模式，建立花茂村自己的保洁队伍，努力消除垃圾乱扔、污水乱排、秸秆乱烧等现象。深入推进花茂村改水、改路、改厨、改圈、改厕等工作，引导农民摒弃落后习俗，养成科学健康生活方式，过上现代文明生活。在改善农村环境的同时，要加快农村交通、水利、通信、电力、电子商务等基础设施建设，大力发展农村科技教育、文化体育、医疗卫生等社会事业，为农民群众营造宜居宜业的生产生活条件，让农民群众笑意写在脸上、幸福发自内心，有更多获得感。同时，进一步加强环境保护，还花茂村以绿水青山、蓝天白云，做到尊重自然、顺应自然、守护自然，将环境治理落实到美丽乡村建设的全过程，多措并举、多管齐下，使青山常在、绿水长流、空气常新，让农民群众在良好生态环境中生产生活。"

花茂村也确实紧紧抓住了这次千载难逢可以改变村庄脏乱差的机遇，积极争取遵义市、播州区、枫香镇等各级各部门的帮扶。

在政府部门的鼎力支持下，花茂村抓好"小康路"建设，优化加密农村公路网络；抓好"小康水"建设，提高农业灌溉能力，改善农村水环境；抓好"小康电"建设，加快农村电网改造升级，同时推动天然气、煤气设施向农村扩伸；抓好"小康信"建设，推动数字化设施提升，推进信息进村入户工程；抓好"村容"建设，深入开展厕所革命，以农村垃圾、污水治理和村容村貌提升为主攻方向，推动农村人居环境整治。林业部门支持退耕还林与植被恢复项目资金350万元；交通部门支持通村道路、入户道路项目资金730万元；建设部门支持农村旧房改造资金920万元；环保部门支持260万元建成现代化的污水处理池；旅游部门、农业部门、文化部门、通信部门等政府部门共投入7100多万元，帮助花茂村"整容"和"换骨"。

在帮扶过程中，各级政府部门都带着责任、带着感情、带着项目、带着资金、带着发展思路为村民办实事。为了让有限的资金发挥最大效益，他们与花茂村党总支、村委会及村民小组一道反复民主商讨，集体决策，让每一分钱都花在实处，用到关键处。在投入上按照"政府补助、部门帮扶、社会赞助、群众自助"的要求执行。同时，明确"领导挂帅、单位挂点、

具有贵州特色的花茂村民居

城乡互动、优势互补"的策略稳步推进。

通过认真研讨，科学规划，花茂村立足红色传承民族风情，打造黔北风情民居。花茂村邀请浙江大学编制完成《枫香镇苟坝红色文化创新区发展规划》《花茂村"四在农家·美丽乡村"提档升级规划》《土坝—花茂—苟坝村庄整治规划》等村寨规划蓝图，并按规划组织实施，全面提升了房屋功能和基础设施配套，大力促进黔北民居变成产业"孵化器"。仅仅两年时间，花茂村就改造兴建具有浓郁黔北特色的民居1081栋。改造过程中政府支持村民把村庄作为景区来打造，把乡愁作为文化来经营，合理引导农村住宅和居民点建设。没有大拆大建，而是按山水田园一体，风物人居入画的规划来打造。把农村一房一床、一砖一瓦、一草一木、一山一水转化为农民增收致富的要素。体现了习近平总书记指出的"新农村建设一定要走符合农村实际的路子，遵循乡村自身发展规律，充分体现农村特点，注意乡土味道，保留乡村风貌，留得住青山绿水，记得住乡愁"的精神。

在政府的引导与整体参谋规划下，苟坝、花茂一带的村庄建设均坚守黔北传统民居"七大元素"，以"小青瓦、坡屋顶、转角楼、三合院、雕花窗、白粉墙、穿斗枋"七元素为基调，大力提升房屋功能和基础设施配套，实施健康知识、卫生习惯、清洁环境"三进户"，并且家家户户实现庭院绿化整治，栽花种树、修池筑坛等。现在全村有500余亩新种植的绿化树木苗壮生长，3公里生态景观河道美丽迷人。完善的污水收集处理措施，消除了废水污染。在村子的核心区域还实现了免费Wi-Fi和"天网工程"全覆盖，村警务室、基层法律服务所守护在身边，治安环境安全无忧。

在建设过程中，道路建设是最大的问题。花茂人多方筹集资金，改善出行条件，用石料和水泥修建长达17公里规整又不失乡村特色的串户路，把每家每户"像用金丝线一样"都"联通"起来。村民自此不再"雨天一身泥，晴天一身灰"。夜幕降临，太阳能路灯照亮黑暗的夜空，斑马线、停车场、停车位标识标线齐全，置身其间，俨然身在一座充满现代气息的特色小城镇。

"在建设中有没有矛盾？有，但这些矛盾都是'正能量'的、积极向上的'矛盾'，因为大家都想尽快改造自己家的老房子，改善居住环境。所以都争着抢着要求先从自己家开始，都有点担心政策会起变化，搭不上'四在农家'提档升级这趟车。"彭龙芬和驻村干部付维燕两名"女将"负责第一批"四在农家·美丽乡村"提档升级建设的试点工作，两个女人为了平复村民的急切心情没少下功夫，一家家地做工作，一组组地开村民小组会，经常是凌晨以后才能回去休息，第二天天一亮又要继续。"最后，村民们没矛盾了，我俩家里却起了'矛盾'。因为长期不着（在）家，管顾不了家里的事儿了，男人（丈夫）和孩子们意见大极了。"彭龙芬苦笑着说。在后来的工作中，两人和其他村干部一道依然坚守改造一线，钉着施工队伍一棵一棵栽好行道树，一寸一寸修好通户路，一户一户按标准修好黔北风格的民居。风里来，雨里去，两人都累瘦了十几斤，被晒脱了几层皮。"好在我们脱了皮，花茂村的面貌也脱胎换骨，看到村子变美、变好。值，真值得！"彭龙芬摸着自己晒得黑黝黝的脸庞，乐呵呵地说道。

经过改造的花茂村既保持了村庄传统风貌，又与青山绿水融为一体，如浑然天成。

出生于1978年的花茂村民郑小红，初中毕业后先是学修车，后来买了辆不知转了几手的北京吉普跑客运。"从枫香到花茂的公路修建于20世纪50年代，但到2000年时几乎还是老样子。开车时只要踩刹车和油门就行，车子会沿着路上的两条槽子跑。"郑小红说，他当时最怕会车，"有时候需要倒车两三公里，才能找到一个能错车的地方。"

"现在好了，枫香至花茂公路，鸭溪电厂环线公路横贯全村，三辆车并排在路上开都很宽敞。错车是不成问题了，但在旅游旺季却经常要为停车发愁。村里不仅时常出现大量云南、四川、广东、山东、重庆等地的私家车，还有许多大个头的旅游大巴。更重要的是，我们花茂村现在的私家车也有260多辆哩！"郑小红颇为自豪地说。

在浙江省宁波一家外贸企业打工8年的村民黄华清楚地记得："2014年春节前拖着大包小包回来过年，因为太累了，在车上睡得迷迷糊糊的，在村口一下车后就蒙了，还以为自己下错车，大喊要司机等一下，拎包又要上车。真是有点找不到自己家在哪儿了。"

花茂村现代农业观光园区一角

在旧房改造、产业扶贫和土地流转等政策推动下，花茂村逐渐从"脏乱差"变成了"绿富美"。

房子建好了，道路硬化了，村里有了超市、有了酒店、有了路灯、有了广场、有了各种活动中心，也有了广场和公园。花茂村和现代化的城市也差不了多少。村容村貌实现了全面的改善和升级，成了遵义市新农村建设的示范点。但很多农村与农民不讲究卫生的习惯并没有得到改善。

枫香镇在花茂村的驻村干部付维燕说："虽然大家有改变旧习惯的意愿，但多数人并不知道该怎么做。我们驻村干部和村里的其他干部一道，一家一家地教，手把手地教。从擦鞋、叠被子开始，到饭前便后洗手，再到菜板生熟分开，等等。做得好的奖励垃圾桶、拖把，差的就在一定范围内通报。有一户人家女主人是公职人员，但老人小孩多，家里比较脏乱，我们动手和她家里人一起里里外外收拾好后，打电话告诉她以后就按这个标准来收拾就算达标了，她听后蒙着脸大哭了一场。这件事儿在村民中触动很大，从此以后全村的卫生工作就明显改观了。"

在加强卫生与文明教育的同时，播州区文明办、原卫计委、枫香镇党委、政府还帮助花茂村制定并经村民代表大会讨论通过了环境卫生网格化管理办法，建立清洁卫生指导"五户联保"制度，即五户为一小组，按片划分。通过小组成员之间相互帮助、和谐相处，并相互监督、定期互评，实现村民"自我教育、自我管理、自我服务、自我监督、自我约束"的目标，并达到村民精神风貌优、生活环境良、群众生活富的目的。

2014年12月，以往只有在城市街头才能见到的230个垃圾箱出现在花茂村的街头巷尾。一个小小的垃圾箱，折射出的不仅仅是农村硬件建设的提升问题，更是中国城乡一体化，农村文明程度大幅提升的表现。同时，每户村民都收到了一份张贴画。不同以往的是，这不是上级政府部门印制的，而是村民委员会经过发动全村人民群众，经过多次开会，民主研究决策的成果。

村民自己制定了《花茂村清洁卫生指导制度》。制度条款不多，共8条：

1. 要保持个人清洁卫生，衣着得体，干净大方。

2. 要保持个人身心健康。

3. 村（居）民屋内家具、农机具应摆放整齐，保持清洁，桌面无灰尘。

4. 自己房前屋后卫生应经常打扫，保持清洁无污染物，物放有序。

5. 不准在通村路、公路沿线堆放杂物。

6. 严禁随意丢弃农药瓶、电池等特殊废品。

7. 严禁将碎玻璃、建筑废弃物倒入垃圾池内，建筑废弃物应统一堆放，运到垃圾场处理。

8. 每年实行卫生评比，对卫生良好的五个家庭进行表彰，较差的五个家庭进行整改。

制度规定很简易，可操作性也强，从个人身心健康到屋内家具、农机具摆放与清洁，从垃圾分类到公路、公共区域管理等都做出规定。特别对农药瓶、电池、碎玻璃、建筑废弃物等特殊废品的管理进行了严格规定，解决了这些农村卫生的"疑难杂症"。这让花茂村的卫生与文明质量得到跨越式发展。

"花茂变好了，变美了，村里乡亲的素质真提高了。不仅苍蝇蚊子基本见不到了，现在大人小孩就连吃个瓜子，都会把壳儿死死地攥手掌心儿里，找个垃圾箱再丢。村里每隔300米就有一个垃圾箱，很方便丢垃圾。没事儿穿着拖鞋串门，连走几家，回来脚都是干净的。"王治丰自豪地说。旧村要保护好，不仅可以忆苦思甜，还能留得住浓浓乡愁。让农业成为有奔头的产业，让农民成为有吸引力的职业，让农村成为安居乐业的美丽家园。

十五

房屋道路建好了，村庄变美了，但人心开始乱了，风气开始变坏了。

"前几年，我们花茂村有段时间风气变得很不好，嫁姑娘、娶媳妇、送老人、生孩子，都大操大办乱攀比；年轻人从城里回来吃酒打架、赌博耍钱；胡吃海喝，不务正业；在家里骂老的打小的，邻里之间你吵我闹的；等等。看着这些都让人气不打一处来，乱哄哄的闹心哪！"对于这种现象王治丰等村

村庄新貌

里的老人们看在眼里，痛在心里。

时任花茂村党总支书记的潘克刚总结说："当时随着花茂村新农村建设的快速发展。农村经济有了较大的发展，物质生活丰富了，但精神文化生活却相当匮乏，很多农民是'口袋富了，脑袋却空了'。农村文化发展滞后，文化生活匮乏等问题会带来一系列的负面影响。所以，要振兴乡村，在发展经济的同时，也要下大力推进农村精神文明与文化建设，不让农村变成'留守的农村''荒芜的农村'，要让农村涵养更多文明的源头活水。中国要强，农村必须强；中国要美，农村必须美。推进精神文明建设，让农民群众过上美的生活，养成美的德行，实现乡村全面振兴共奔小康，没有文化与文明的小康，就不能算是真正的小康。只有漂亮房屋和宽阔街道，没有知书达理、文明健康的新农民就是缺少灵魂的新农村。提升文化素养，涵养人文气质的工作开始提上了我们花茂村党总支和村委会的日程。"

近年来贵州为了不断推进农村精神文明建设，深入开展了星级文明户、文明家庭、文明村镇等群众性创建活动，不仅提升了农村文明素质和社会风气，还使村民文化生活得到了明显改善。在"四在农家·美丽乡村"创建工作中，紧紧围绕"学在农家"加大乡村文化基础设施建设投入，利用党员活动室、文化站等现有设施资源，建成各类"道德讲堂"，涵盖党政机关、学校、农村等多个领域，举办各种形式讲堂活动10多万场，文明新风气吹到了美丽乡村的每个角落。花茂村从2014

年底开始，也借着这股春风开始大力推行乡村精神文明建设。

"没有新型农民，就没有美丽乡村。农村的面貌要想得到根本改善，就必须涵养崇德向善、风醇物厚的乡村文明。乡村文明的首要载体，就是新农民。"潘克刚说。

花茂村首先从培育具有较高思想道德和科学文化素质的新型农民入手，开始加强"新农村，新农民，新风尚"的建设工作。

为此，花茂村通过社会教育、文艺宣传、理论学习、技能培训等有机地结合，利用广播、制作展板、专题会议等形式开展多渠道教育宣传工作，在农民群众中深入浅出地开展法治意识、国家意识、社会责任意识等形势政策宣传教育，引导全村人当合格公民，做新型农民。结合目前城乡利益格局深刻调整，农村社会结构深刻变动，农民思想观念深刻变化的实际情况，花茂村党总支通过深入细致的分析归类，有针对性地做好农民群众的思想工作。通过深入明了地阐释中央全面深化农村改革、优化农业结构、转变农业发展方式、促进农民增收等重要举措，把党和政府强农惠农富农政策向广大村民讲清楚。特别是密切围绕土地流转、旧危房改造、农产品价格、农村实体经济发展、新农合医疗、农村基础教育等农民群众关心关切的问题，将其讲明白、讲透彻，既疏导了村民情绪，又有利于增强信心、凝聚共识。重点开展了现代科学知识、反邪教反诈骗、实用种植养殖技术、外出务工职业技能培训等，引导农民群众树立与市场经济相适应的现代观念，提高创业本领和致富能力。

通过一系列教育培训,一支有科学观念,有法律意识,有文化与思想,有技术和职业技能的新农民队伍在花茂村蓬勃发展起来,全村农民干事创业谋发展的热情和干劲被充分调动起来了。

同时,花茂村进一步加强了优良家风与文明乡风的培育工作。为发挥传统文化在农村底蕴深厚、流传久远的优势,使优秀的传统文化鲜活起来,潜移默化地影响农民群众的价值取向和道德观念,引导群众自觉摈弃陈规陋习。由村干部、党员和致富带头人做表率,以身作则,努力培育孝悌和睦家风,倡导婚丧嫁娶新风,营造文明和谐乡风,以良好的党风政风带动家风、民风、乡风的转向与回归。

这些花茂村新农村正能量的"代言人",以努力营造注重家庭、注重家教、注重家风的氛围为示范,用尊道德、讲道德、守道德的方法有效促进乡村社会风气的好转,既适应了新时期农村家庭组织、家庭结构的深刻变化,切实加强了农村家庭文明建设,又推动和促进了花茂村经济发展和产业调整的需求。他们通过开展"好家风好家训"活动,讲好家风故事,传播治家格言,以良好的家风带动乡风民风。文明户是文明乡村创建的基础,围绕勤劳致富、崇德向善、诚实守信、遵纪守法等内容,深入开展"星级文明农户""五好文明家庭"创建活动。开展"最美家庭"评选活动,梯次向文明家庭、优秀家庭角色拓展延伸,为居民树立看得见、学得来的身边典型,推进移风易俗理念进家入户。开展好媳妇、好公婆、好妯娌评选活动，激发农民荣誉感上进心，引导农民群众向上向善。紧抓村规民约规范乡风民风工作，坚持问题导向，自下而上征集民需民智，把群众的共同愿望、共同利益，用简明扼要、朗朗上口的文字转化为村规民约。移风易俗工作是净化社会风气的重要抓手，其工作难点和突破点都在于农民的思想，要想改变农民的思想，首先要引导，让农民能够接受。村两委注重教育引导，强化舆论宣传，先后印发了《花茂村村规民约》《花茂村移风易俗文明节俭操办红白事公约》《贵州省文明行为促进条例》等，按组逐户进行宣传。健全了花茂村红白理事会、文明促进会、道德评议会三会制度，设立新时代农民讲习所、乡村道德讲堂等，邀请黄大发等全国、全省先进模范人物来村里现身说法，言传身教，用民间舆论的力量引导农民自我约束、自我管理、自我提高。

通过深入、系统的宣教，花茂村农民群众内心有了尺度、行为有了准则，也有了新的致富门路。如知道谁家准备大操大办宴席，村委会就会派人上门去做思想工作，建议节约简朴、文明时尚地进行。2015年有一户农民准备花8万多元办婚宴，村委会获知情况后，先后派了两批人去做工作，通过反复劝说，最终将宴席规模压缩到3万元。他们用剩下的5万元加上村里帮助协调的10万元贷款，购买了机动车跑运输，一年下来净赚了7万多元。新郎现在一见到村干部就连忙敬烟致谢，感谢村里帮他"从酒桌上'省'出来一条脱贫致富路"。

王治丰也感慨道:"现在的花茂村是人心正、民心齐,那些乱七八糟的头痛事儿终于不见了,我们心里也舒畅多了。赌博打架的没了,好吃懒做的没了,就连吵架拌嘴的都少了。男女老少都想着怎么发展,怎么向土地要经济(效益),怎么把花茂搞得更和谐、更团结。"

花茂村万里村民组离村子主街较远,因为发展缓慢,外出务工人员多,留守的基本都是老人和孩子,前几年这个村民小组各种邻里纠纷多,家庭矛盾多,特别是在赡养老人等事情上问题比较多。2019年初,当我们来到这里了解情况时,老人们都哈哈大笑说,那都是"老黄历"了,怕我们不信,他们拿出一篇发布于2018年10月15日的新闻报道来,用事实纠正我们过时的"错误"看法。

这是一篇名为《花茂村万里组自发举办敬老活动 全组老人一起过节》的新媒体文章,打印的纸张已经被翻得发黄卷边,不知道在老人们手中传阅了多少遍了。文章是这样描述的:

九九重阳节,浓浓敬老情。

10月13日,值此重阳节来临之际,播州区枫香镇花茂村万里组村民自发举办首届老年活动节,精心准备40多桌饭菜、节日礼品和文艺演出等,盛情邀请全组老年人一起过节。

树欲静而风不止,子欲养而亲不待!本次活动的组织人暨经费赞助人之一冯永铁说:"父亲走了,更加明白了行孝不能等。现在在家的多数都是空巢老人、留守老人,希望通过此次活动起到'尊老、敬老、爱老、助老'的示范作用,让年轻一代学会感恩,常回家陪老人吃吃饭、聊聊天,让他们不孤单。"

当天,花茂村党支部书记彭龙芬也来到现场,并代表花茂村两委向老人们致以节日的问候。她说,老年人是社会成员的重要组成部分,花茂村今天的兴旺发展,离不开父老乡亲们的支持,村两委将按照"老有所养、老有所乐、老有所为"的目标要求,进一步强化老龄工作,积极组织各类老年文体活动,提高老年人的生活质量,保障老年人权益,努力为老年人提供更加细致和更加贴心的服务,让老年人生活得更加幸福美满。

活动中,老人们欢聚一堂,畅所欲言,积极为花茂村的发展建言献策,分享改革开放40年来发生的翻天覆地的变化和今年的丰收情况,每个人脸上都露出了满满的幸福感、喜悦感和获得感。孩子们纷纷为老人、为父母献茶表孝心。由当地老人自编自导自演的舞蹈《十送红军》,表达了大家对红军的深厚感情和对今天幸福生活的满足之情,展现了老年人的生活面貌和时代风采。

一首首歌曲、一支支舞蹈,重现了难忘的峥嵘岁月,营造了"尊老、敬老、爱老、助老"的社会新风尚,激发了广大村民孝老爱亲的自觉性。

"家乡是我们的根,有根才能花繁叶茂。多少年来,正是长辈们带着我们兴学立教、勤耕不辍,才使花茂万里有了今天的发展和壮大，我们一定会传承和弘扬家乡优良淳朴民风，以及亲族和睦、团结互助、共谋发展的精神，让我们这个组的经济更加发展、大家的生活更加幸福。"在外乡友陈洪涛向大家分享了他此时的激动心情。

"感谢共产党、感谢改革开放、感谢国家的惠农政策，让我们拥有了今天的幸福生活。"老年人代表冯昌钿表示，生活在这个时代非常幸福，在以后的日子里将继续发挥余热，积极为花茂的各项事业献计献策。

"教化行则民风淳，教化废则民风败。经过两年多努力教化，我们真正做到了激浊扬清、抑恶扬善，把不良风气压下去，把新风正气树起来了。现在的花茂人热爱生活、孝老爱亲、乐于奉献、勤劳向上、诚实守信、团结友善，基本形成了文明和谐、明礼知耻、崇德向善的新风尚。这为下一步花茂村大发展奠定了坚实思想基础。"潘克刚得意地说。

优美的环境，淳善的民风，日新月异的快速发展和变化让花茂村不仅成为贵州省新农村建设的标杆，也吸引了一位贵客的到来！

第六章

总书记来了！

十六

2015年6月17日,在全国各地打工的花茂人都被一条新华网的消息惊呆了。

习近平总书记到花茂村考察了!

"有遵义的同乡发微信说:'习大大到你家去了!'因为大家平时开玩笑习惯了,我都没当真,以为他们又在说笑。"在广东省珠海市打工的王家平回忆当天的情景时说。

"没想到好几个微信群里马上又出现很多习总书记到我们花茂考察的新闻报道。但我还是不相信这是真的,连忙找借口向主管请了会儿假,满头大汗一路小跑着到工厂后边的街上找了一家网吧,通过互联网再次确认:总书记到花茂了!虽然有图有真相,但感觉还是有点不真实,赶快又打电话到家里问,我妈很激动地说是真的,她亲眼看见总书记了,亲切(得)很,一点架子都没得。还和村里很多人坐起摆谈(聊天)了嘿(很)久呢。"打完电话,王家平感觉自己眼眶都湿润了。那天,他抱着手机,一个字一个字地把那篇讲习近平总书记在家乡花茂的新闻稿读了无数遍。

6月16日,成了永远铭记在花茂村人心中的纪念日。

2015年6月16日下午,习近平总书记的到访,让这个昔日不起眼的小山村顿时沸腾了。

村民范科英说:"谁都没想到总书记会突然走到自家门前,

大家跟见到自家好久没见到的亲人一样，一下子就全围上去，和总书记握手，使劲鼓掌，一直都停不下来。我的手都红了，也没觉得疼。总书记笑着和大家说话、问好。一点点架子都没有，和亲人一样亲切呢！"

习近平总书记来到花茂村白泥组的党员群众之家，认真听取了村级组织建设和脱贫致富情况汇报，还仔细察看驻村工作室、金融便民服务点、藤编工艺和制陶工坊，全面了解开展精准扶贫的具体项目和实际效果。又沿着村里刚铺好的串户小路走到"红色之家"农家乐饭庄。"在路上，总书记很温和地问我，'这片地以前种什么？收入怎么样？老百姓家里的厕所是不是已经改成水冲式的？'"时任花茂村第一书记的周成军陪同总书记考察并做现场讲解。

"在一段保留下来的土墙边，总书记看着远处的青山和一幢幢富有特色的黔北民居动情地说：'怪不得大家都来，在这里找到乡愁了。'我觉得这是总书记对我们美丽乡村建设工作的最高褒奖！"周成军自豪地说。

习近平总书记和乡亲们开"院坝会"的"红色之家"老板王治强也深深记得，当日十六点四十分许，习近平总书记来到他家，进院后总书记兴致很高地参观了他家的院子、楼房、餐厅和厨房，很随和地询问："家里种什么？""土地经营情况怎么样？""农家乐搞得怎么样？"这让王治强觉得特别暖心，更受鼓舞。

接下来习总书记还同花茂村干部群众一起，围坐在院子里拉起了家常,村民们踊跃地向总书记介绍自家的生活、生产情况,赞赏党和政府的惠民政策好。习近平总书记对大家说这是他第三次来遵义,特别想了解老百姓尤其是农民的生活。"我们的第一个百年目标是到 2020 年全面建成小康,没有农民的小康就不是全面小康。这次来贵州调研一个很重要的主题就是了解贫困人口如何脱贫致富。通过你们刚才讲的,看到每个人洋溢在脸上的愉悦表情,知道你们过得不错,这里的脱贫致富是比较成功的,你们对党和政府是拥护的。群众拥护不拥护是我们检验工作的重要标准。党中央制定的政策好不好,要看乡亲们是哭还是笑。要是笑,就说明政策好。要是有人哭,我们就要注意,需要改正的就要改正,需要完善的就要完善。"

"看到总书记时刻面带微笑,我们心里也暖暖的,不再那么紧张。"这次与习总书记的交谈,王治强终生难忘。时隔很久,回忆当时情形,他仍然十分激动地说:"习总书记鼓励我要继续发展,把这个农家乐做大做强,我一定牢记总书记的嘱托,带领更多的乡亲们一起干下去,大家共同发展,共同富裕。"

当时已担任村委会主任的彭龙芬也深深记得习近平总书记的鞭策与鼓励。"总书记对我们村把扶贫开发与富在农家、学在农家、乐在农家、美在农家的美丽乡村建设结合起来的做法表示肯定,当时我激动得都快流泪了。这对我们基层工作是多大的肯定啊,在那一瞬间我觉得这些年那么多的汗水、泪水都没白流啊!总书记鼓励我们花茂村'村党支部、村委会和村干部心往一处想、劲往一处使、汗往一处流,共同把乡亲们的事情办好'。我们几位村干部听后都深受鼓舞,为我们打赢脱贫攻坚战带来强劲动力。我们都下决心把总书记的嘱托落实好,团结一心,尽心尽力把乡亲们的事情办好,让大家尽快都过上幸福的小康生活。"

"习总书记一进门就拿起货架上的酸奶看,还问我生意好不好,哪些商品好卖。"开便民超市的村民涂华琴,回忆总书记到她的小店时的场景,心潮起伏,难以平复。"总书记那么忙,还抽空到我们这个小村子来,我们一定不会忘记总书记讲的每一句话,一定要把日子过红火。"涂华琴说,习总书记离开后,她第一时间就给家里人打电话,并把这份喜悦分享给所有她认识的人。之后,她又扩大了超市规模,如今每天营业额上千元。今后,她还打算在村里发展活性炭工艺品加工,带动乡亲一起奔小康。

"我给总书记介绍了村里的陶艺文化,总书记还参观了我家的陶艺馆。那天,我和总书记握了两次手!"描述起当天见到习总书记的情形,花茂村村民母先刚难掩心中的兴奋劲儿,只要有人问,他都要重复这几句话。母先刚是花茂村土陶工艺传承人之一。6月16日,他有幸两次与习总书记握手,并在院坝会上发言,负责向习总书记介绍花茂土陶文化和产业发展情况。在花茂村,习总书记还走进了母家的陶艺馆,与正在做陶缸的76岁老人牟光友交谈,他询问老人的身体状况,并嘱托老人要好好保养身体。牟光友说:"听到总书记的问候,真是万分高兴!"

"过去,花茂很穷,做陶艺的人家也很苦,现在新农村建设好了,有了游客,我们家做的这些坛坛罐罐好卖多了。"母先刚说,习总书记的到来,让他坚信,不能丢了老祖宗传下来的手艺,一定要坚持把陶艺做好,一代又一代地传下去。

"你要问我见到总书记有什么感觉,真的,就是一个词,亲切。打个比方哈,我们平时见到一个警察可能都会害怕,但是见到总书记,就不会,就是很想和他说话。"花茂村村民王世刚回忆起和总书记见面的场景,仍然一副心向往之的表情。

王世刚到现在都还有一些遗憾,那天的座谈会上,他只和总书记握了一下手,没来得及向总书记汇报,因为大家都太积极了。总书记走后,他心里只有一个念头:"好好干!花茂村一定会迎来发展新机遇。"

大万本名叫万永香,妹妹叫万永彬。家里目前仅有的半亩田流转给了和丰公司,姐妹俩就都在那里上班,为了好区分,工友们就用大万、小万来称呼她们。大万也见到了习近平总书记,在她打工上班的蔬菜大棚里。

大万 2004 年开始到浙江慈溪打工,因为原来的田地自己建房用去了一亩多,余下的土地也变不了多少"经济"(收入),况且也没有多少地可种了。地里也就是种些苞谷当饲料喂猪,等过年时杀年猪吃。没办法,大万只好和先生罗中贵一道去慈溪的电子配件厂打工。当时每月 1300 元工资,厂里还不管吃住,她的全部收入只能用来交房租和吃饭。有时晚上没事做,夫妇俩就是看电视。"那时候经常在电视里见到习近平总书记，连想都没有想过有一天能真正见到真人。看来，我回家来做工是一个正确的选择。"

2015年3月，因为孩子上学没人管，大万只好回来了。

没想到，3个月后，她就见到了平时只能在电视上看到的习近平总书记。

"习总书记突然出现在我们的蔬菜大棚里，和电视里一样，但是更亲切，没有高高在上的架子。我当时愣在那里，不知道该怎么办，总书记走过来和我握了手，实在太激动了，紧张得手脚都不知道该放哪里。他特别和善地问了我家里老人、孩子和生活情况，还问了在这里的工资、收入情况。我一一回答，也不知道我的'贵普话'（带贵州乡音的普通话）总书记能不能全听懂。回到家里，我把被总书记接见的事给家里人讲了一遍，特别是说到总书记说的'要照顾好老人，把孩子供出来（读大学），为国家建设出力'时儿子激动地在地上翻了好几个筋斗呢。"万永香满脸幸福地回忆说。

"总书记亲切地看着我，详细地问了我们企业的经营情况，并且勉励我一定要在花茂的新农村建设中贡献自己的力量，努力回报社会，为政府解忧，为当地农民脱贫助力。我听着特别给力，进一步坚定了我在花茂扎根的决心。"1990年出生的小伙子陈义兵是和习近平总书记一起开"院坝会"摆谈群众中最年轻的一个，他是花茂村隔壁村庄张村人，毕业于重庆工商大学，学的是计算机专业，在联想集团打过工，在遵义市里做过房地产、新媒体等工作，2014年的一个周末他和家人到刚改造升级的花茂村旅游，因为从来没见过贵州有这么漂亮的乡村，按总书记的说法是"在这里找到乡愁了"。他当即租了一栋民房，成立了一家精品民宿。"政府不光资助我们装修，还提供装修方案，协助贷款，减免30多万元的税费。"

有总书记的勉励，加上村里的大力支持，现在陈义兵又扩大了经营规模，建立了可容纳400人同时就餐的餐厅，为花茂村提供了20人的就业岗位。他和210多户农民签订了种植养殖供销合同，从菜、油、米，到鸡、鸭、猪都有，全用传统方式种养，不用工业饲料，不用化肥农药，虽然比市场价略高，但保证是"乡愁"级的质量，也为农民创收提供有力支持。每月他都从利润中提取一定比例的资金资助当地的孤寡老人，目前已有23位老人得到了资助。

说到习近平总书记的到来，花茂村很多人都能激动而又绘声绘色地讲出自己的感受，因为自己见证了历史，参与了历史。

直到傍晚时分，习近平总书记才离开花茂村。

"总书记上车了都还一直向我们挥手，和自家要出远门的家人一样。我们也不停地向总书记挥手，一直到车子都看不见了。"范科英说，"唉，那情景还像在昨天一样，非常清楚哩！"

那天下午永远定格在花茂村农民的心中，铭刻在他们记忆深处。

"那一天下午,我感觉自己像在做梦一样。就因当时太紧张,很多话还没来得及跟总书记讲,希望总书记再来我们花茂村做客,如果再有机会见到总书记,一定好好对他讲讲更多的心里话。"王治强不无遗憾地说。

游客在花茂村街头游览

第七章
出走者的归去来

十七

栽下梧桐树,引得凤凰来。

山村花茂环境面貌的大改观,让一些曾经"逃离"家乡进城寻梦的农民开始被吸引了回来。他们不仅人回来了,而且把进一步发展新农村的能力带了回来。

王治强就是听说家乡进行新农村建设,环境发生了翻天覆地的变化而被吸引回来的,他用多年在外打拼赚下的40多万元和政府资助的部分建筑材料改造了旧居,建起了3层20多间房的小楼。

王治强改造的旧居是1985年就开始兴建的,当时是村里的第一间砖房,所有的材料都由人工从山外背进来。因为当时没路,全靠人工背运,运费与买建材的钱相差无几。由于没钱,只盖了一层便停工了,"成了半拉子的烂尾楼"。1993年他又用建筑工地的边角料,断断续续地修完了第二层。到2012年赚了些钱后,才最后一口气修建完成现在的样子。"前后用了27年哪,跨了两个世纪,也算是'世纪工程'啦!"每每说起建房的事儿,王治强都这样自嘲地告诉别人。

在花茂村,有很多这样的例子,一幢房子要修二三十年,甚至是两三代人。

"前半辈子在城里头吃尽了各种苦头也不愿回来,主要原因就是花茂太穷、太乱、太脏了,所以在城里也买了房住,不打算回来了。但政府支持的'四在农家·美丽乡村'提档升级工作开展后,花茂村一下子就变样了,变富了,变美了,也不比城里差多少了,我们就开始盘算着叶落归根,开始想在家乡有个窝养老,不愁吃穿就行了,还真没想过什么发展的问题,更没想过进一步大发展,还能巨变的事儿。"王治强每每说到今天的幸福局面,总会不无得意地这么讲。

"不发展就是倒退,不带头就是落伍。既然回来了,还是要想办法谋发展,带大家脱贫致富才行。你是花茂村的大能人,你不先摸着石头过河咋行?"说这话的是枫香镇兴农办主任刘兴文。怕王治强犹豫,刘兴文又给他打气:"你不用怕,有啥子困难镇里(政府)帮你谋划,给解决。"

刘兴文给王治强谋划的是开一家农家乐。这是 2014 年 6 月。

"当年中央红军长征时在你家住过,就叫'红色之家'吧。"曾任枫香镇党委书记的张明勇提议。

底气有了,名字有了,担心也还是有的。

花茂村虽然变美了,有了城里的人来参观旅游了,但一下子投入几万元办个农家乐要是没人来咋办?那可是辛辛苦苦在外面打拼半辈子赚下的一点家业,收不回成本咋办?餐馆虽然如期开张了,他却连厨师都不敢聘请,怕亏本。刚开张那会儿就让老伴当主厨,儿子做洗碗工,自己当跑堂的"小二"。但王治强的担心有些多余了。随着土坝—花茂—苟坝红色旅游线路的开发与快速推进,王治强的农家乐一下就火了。八张餐桌，火到前桌的客人还没吃完，后边的客人就排队守着了。每月净利润都有上万元。

更让王治强没想到的是，真正的大发展和巨变还真的就在后面发生了。

2015年6月16日，习近平总书记考察花茂村并在他家的农家乐小院里和乡亲们开了"院坝会"后，他的"红色之家"更是红火。"今天订餐的就有十五桌，这在周末算少的，平时每天也有二十多桌，最多的时候一天有五十多桌。去年国庆期间，院里人多得都找不到地方站。"王治强说，本地人基本上都来过了，如今来的都是外地客人，都得提前预订。以前这个农家乐就是家里人自己打理，老伴掌勺，他端菜，现在客人实在太多，根本忙不过来，只得招了三个主厨和另外十多个员工来帮忙，每年增加的工资支出就有四十多万元。而利润，每月已超十万元。

"红色之家"小院里的客人换了一拨又一拨，来了一批又一批，进门后，大家的第一件事都是到习近平总书记坐过的地方留影。王治强也永不厌烦地和大家讲解、交流同习近平总书记摆谈的细节，详细地给来客介绍总书记和其他人所坐的位置。

总书记那些贴心话越来越让王治强感到回家发展是正确的选择，特别是总书记说的"怪不得大家都来，在这里找到乡愁了"让他觉得高兴和温暖。

"总书记说得真好，我就因为乡愁才回来的嘛！"王治强

花茂村农家乐院落

花茂村乡村休闲观光旅游一派红火

自豪地说。

刘晓凤也回来了。

习近平总书记来视察后，花茂村成了热点"圣地"，来自全省、全国，甚至世界各地的游客纷至沓来，都想看一看总书记赞扬的美丽新农村是什么样子。这一下子就带火了当地的旅游与餐饮市场。

"赶上旺季，在我们家门口卖凉粉、冰粉的一天都能赚2000多元，卖烤红薯的村民一天也能有600余元收入。而我在遵义的大超市做电器促销员一个月也就赚4000元，除去各种开销，几乎连女儿都养活不了。"看到家乡如此巨大的变化，刘晓凤决定赶紧回来，在曾经被她"嫌弃"过的家门口创业。她用政府资助的3.9万元小微企业补助和4万元积蓄，加上向亲朋筹借的6万元钱，开了一家名为"稻香居"的遵义农家土菜馆。

餐馆一开张就火爆得不得了，用餐客人多得连碗都洗不赢（来不及），每天营业额都有5000元左右，最多时有近1万元。曾经有一天光鸡就卖了42只。因为她待客诚恳，用材新鲜，饭菜量多，四川、广东、云南等地旅行社团队回头客特别多，只用了大半年时间她就收回了全部投资。

"这都是托了总书记的福啊！"刘晓凤激动地说。

托总书记的福，花茂村将2000多在外漂泊打工的游子重新吸引回了他们曾经"背叛"和"逃离"的家乡。

王世刚也从城里回来了。

当年，因为家里没钱供他继续读书，15 岁的王世刚就辍学独自一人到百里外的遵义城里开"黑车"，用摩托车跑"黑客运"。风里来雨里去，一年跑下来荷包里的钱"也还没有一指厚，荷包好像永远都鼓不起来！"有时候，跑一天连一顿饭钱都挣不到，"经常是方便面都不敢吃两袋，肚皮吃饱了，二天（明天）摩托车加油的钱就不够了"。不得已，他下狠心卖掉了摩托车，和花茂村的老乡一道跑到浙江、福建等地去打工。

王世刚凭着自己的刻苦和聪明，在他 24 岁的时候，已经可以拿到 6000 元的月薪。这几乎是他在花茂种两年田地的全部收入。那时的花茂村，依然处于极度穷困状态，吃水靠挑，道路泥泞，人们常常会因为邻居家多占了自己一窝苞谷种植地而吵闹不休，甚至大打出手。王世刚也想过要回来，却不知道如何回到这块生他养他的土地。

这时发生的一件事，让他明白了一个道理："人之所以会穷，还是穷在思想。"

25 岁那年，由于技术过硬，踏实肯干，又善于钻研技术和市场，他的才干被工厂老板发现了。老板想将两个车间的股份分给他打理，他却思来想去犹豫了半个月都不敢接受，人穷志短啊！"万一亏了呢？那岂不是把 6000 元月薪的饭碗都搞丢了？后半辈子怎么活得出来呀？……"后来老板一通"目光短浅、小农意识"的怒其不争的臭骂惊醒了王世刚，战战兢兢地接手后，他一个月就赚了 6 万多元。拿到分成后的那天，他失眠了，整整一夜没有合眼，他把自己的人生历程梳理了一遍又一遍，突然想明白了不少事儿。

因此，对于家乡花茂村的穷困根源问题，王世刚也有了新的认知——世代守护土地的故乡人，最穷的不是金钱和物质，是思想。

扶贫必须要先扶智，扶智必须先要解放思想。

2014年，花茂村新农村建设与扶贫开发如火如荼地开展起来。许多村民纷纷流转土地，由种植大户和专业的公司规模化经营，将传统种植产业变成更有竞争力的蔬菜产业，乡村旅游开始发展起来，农家乐、乡村民宿、土特产超市等也雨后春笋般地冒了出来。"村民不再守着土地刨食，思想解放了。"回家过年的王世刚看在眼里喜在心头，于是决定回乡创业。这时的他已经37岁，距离15岁时外出打工已经22年之久。漂泊感常年萦绕心间，城市再好，也是"别人"的家乡，坚硬的柏油路，钢筋水泥的"丛林"始终无法让这个游子的心在那里生根。

"村里环境越来越美，村民们的思想也前所未有地得到解放，村里旅游发展、特色农业都大有前景，当然得回来了！"他坦言，叶落归根，故乡是每一个漂泊在外的农民工心底最柔软、也最可靠的归宿。

作为有城市生活经验的王世刚，瞅准了乡村旅游对城里人的吸引力，投资200多万元，流转了100亩土地，建起了现代化的温室大棚，高薪聘请宁波的技术人员种植了十多个品种的

络绎不绝的游客

草莓。市、县领导对他返乡创业的行动大力支持和鼓励，这让他觉得很安心。村里对他的帮助，村民的拥护，让他更加放心。他准备扩大规模，发展其他配套的特色农产品，吸引更多城市人来体验种植与采摘的快乐。

"习总书记说'在这里找到乡愁了'，其实对我们来说，回乡创业，真的是一种对乡愁的回归。"王世刚对回乡这件事充满了喜悦之情。诚然，背井离乡的人们，藏起心里的乡愁，为生计和未来在遥远而陌生的城市里奋斗打拼，但当新家园的轮廓逐渐清晰时，便再也藏不住思恋。

"有习总书记亲自关心，我们回乡创业更是吃下定心丸，发展之路只会越来越好。"王世刚对未来满是憧憬，总书记温暖的手掌，让他更坚定了发展的决心。

从城市回来最多的，是像杨成才这样的农民工。

1965年出生的杨成才一家五口人，有三亩田，又在山上开了两亩的荒地，还养了两头猪与两头牛，日子倒也过得去，但就是没钱花，别说亲邻好友婚丧嫁娶随份子钱，有时连过年给孩子发个压岁钱都困难。他也曾经一咬牙到广东、浙江去打工，但因为天气太热，又吃不习惯那些没有辣椒的饭菜，还处处遭城里人的白眼，"连个二等公民都不算"。"在城里头，我们这些打工的农民就像白腊河里那些没根的水草一样漂着，也不知道今后会漂到哪儿去，会落个什么下场。"花茂村新农村建设开始后，他毫不犹豫地扛上行囊，回家。

回到家里，他和老伴范科英合计，村里的旅游业发展起

游客采摘草莓

来了，外出的打工者也都开始回来了。来村里旅游的大多都是城市人，或者是已经开始习惯了城市生活的农民，"一碗泡饭、一坨糯米饭或是两个煮洋芋（土豆）肯定不能满足大家过早（吃早餐）的需要，开个早餐店应该可以赚钱"。说干就干，夫妇俩把临街两间房的墙壁一推，搭起锅台支起桌，一家名为"乡村肠旺面馆"的早餐店就开张了。

杨成才说："没想到，真没想到，一开张生意会这么红火！旅游的顾客来吃，市里县里的工作队来吃，到花茂拍摄电影、电视的演员来吃，连周边几个村的老乡也都开汽车、骑摩托专门跑来吃。原本是做早餐，结果到中午、下午、晚上人都不断，除了冬天生意差点儿，其他时候还真可以说是生意兴隆哦。这比在城里打工，在田里捡食强多了！"

像杨成才这样年纪大了，也没有多少技术的回乡农民，用不多的钱就开起店铺的花茂人家，在两三年内就出现了十几户。杨成才感慨地说："都是习总书记给我们带来的福气啊，让我们花茂乡村变'城市'，不出村就能赚到钱，现在越来越多的乡亲都回到家里来创业发展了！"

这有一位归来者，让村民们颇感意外。

她叫张胜迪，一个不算花茂的花茂人。

"我只能算是半个花茂人。"1974年出生的张胜迪说，"因为我妈妈的娘家在花茂，我家在枫香镇的枫元村。小时候我经常和妈妈一起回来看望外婆，回去的时候外婆和舅舅都会摘很多好吃的果子和蔬菜送给我们。因为父亲去世早，家里孩子多，粮不够吃，外婆他们时常接济粮食给我们。每次到花茂来，舅舅都会背着我去看花茂的山山水水，讨（摘）果子，抓山雀，教我用泥巴做陶器，用土纸做风筝。就是到田里去，也要把我背在背上，一边讲故事，一边做农活。还把家里最珍贵的红糖块拿出来让我舔，舔完了再小心翼翼地用纸包上，藏到柜子顶上的陶罐里。所以，我对花茂有着很深很深的感情，长大后总想着怎样来报答这份亲情、这个村庄。很长的一段时间里，这成了我的一个心结，一份别样的乡愁。"

1995年，张胜迪去了广东深圳打工，在一家灯饰加工厂工作，日复一日简单机械的工作让她觉得自己和那些没有生命、没有感情、没有梦想的机器没什么两样，这使她意识到知识的重要性。经过反复思考，她毅然回来考上了一所职业技术学校，学习企业管理。毕业后，她在茅台酒厂所在的仁怀市的一家酒厂从事管理工作，并很快脱颖而出，不久便成为一家知名酒企的区域代理商。

2016年5月，贵州省第十一届旅游产业发展大会在仁怀市召开，因为这些年张胜迪对酱香型白酒深入的研究、推广，以及她对现代白酒企业发展的独到见解，她被评选为首届"酱酒文化传播大使"。在大会期间，她负责向来宾们做酱香型白酒文化的推介，知性优雅的形象，渊博风趣的讲解引起了一位来宾的注意。

"你是遵义县枫香镇的人吧？"来宾问。

"您是——？您是王伟强老师吧？"张胜迪惊喜地说。

王伟强原来是张胜迪的中学英语老师,此时他已经是遵义市播州区文体旅游局的局长了,师生两人在这个场合意外见面。

得知张胜迪事业有成,老师便热情地邀请她回乡创业,报效桑梓。

"我真想回去,但回不去呀!因为我是做酒的,酱香型白酒只能在仁怀搞,不可能到枫香去生产。但王老师语重心长,非常诚恳地对我说:'谁说在家乡创业只能搞白酒,咱们枫香可是造纸之乡,以前的古法造纸可是远近闻名的,我们打算在花茂村恢复这一传统产业,你愿不愿意回来做?我们全力以赴地支持你。这可是做文化事业啊!'"

做文化事业一直是张胜迪的理想,报答花茂人的养育之恩也一直是张胜迪的梦想。当理想遇到梦想,张胜迪动心了。

2016年7月,张胜迪来到花茂村,注册了花茂人家商贸有限公司。

随着村子建设和经济的快速发展,花茂成了当地闻名的"名片"和"品牌"。但这一品牌缺少文化内涵,村民们也没多少品牌意识,甚至部分农民怕政策有变而缺少耐心,急着赚快钱,一些有损花茂形象的事情时有发生。张胜迪就想通过文化做商业载体,用商业来涵养文化,再通过文化慢慢地恢复已经消逝的传统和乡愁。就这样张胜迪踏上了传承古法造纸文化技艺的漫漫"长征路"。

花茂村在新中国成立前就有用构树皮进行古法造纸的传

统，甚至能造出比较优质的书画用纸，但是自1958年"大炼钢铁"砍光了山上的树后，几家造纸作坊就只能用稻草和竹子生产手纸和祭祀用的火纸。到1980年代末期，最后一家造纸作坊也关闭了，老手艺人也都进城打工去了，这项古老的技艺也逐渐被人遗忘。为了恢复传统造纸工艺，张胜迪四处打听，找到刘书、刘旗祥两位老工匠，反复登门劝说，承诺每年近十万元的保底订单，最后以坚持做事的精神感动了他们，并促成他们重新出山。

即使是在资讯高度发达的今天，知道古法造纸技艺的人仍是极少数，怎样才能让古老的纸离现代人更近些，使更多人了解并爱上这种传统的文化技艺？这成了张胜迪一直在思考探索的问题。为了更直观地将这一渐被遗忘的传统技艺呈现出来，她在花茂村租了四幢民房，设立了古法造纸体验馆、古法造纸旅游商品展示馆等，将古法造纸技艺与地方特色传统文化深度融合，开发了雨伞、花草纸画、台灯、手账、明信片等产品。为此，张胜迪先后共投入200多万元，形成了"千年古纸，书香花茂；百年传奇，酒香花茂"主题品牌，集展示、展销、体验、教学、传承为一体。很快这些神奇的文化产品就吸引了众多游客，也吸引了贵州一些知名书画家、高校和研究机构在此设立创作基地与研究工作室。这种大众化、精细化、互动式、参与式旅游文化体验项目十分受青睐，因为它既是对传统民间技艺的一种传承和保护，又是对地方乡村旅游业态的一种丰富和提升，这也让花茂村的文化品位和乡愁品牌效应得到了进一步的提升。

2017年,一名欧洲游客对张胜迪花茂人家商店里的纸制台灯产生了浓厚的兴趣,便和她讨价还价,但她并没有降价,而是向这名游客介绍这种台灯的材质、制造工序和文化背景。那名游客虽然最后没有买那盏特制的台灯,但对张胜迪表达了自己的敬意,他说:"我完全没有想到这里的农民会有这样的见识,你们和城市里的人没有什么区别。"

这件事让张胜迪进一步清醒地认识到,发扬乡愁文化不仅仅是办农家乐、吃农家菜那么简单,而是要让游客在游玩之后真的能记住一些东西,乡愁不仅仅是人们对原生态生活的一种怀念和向往,更是对健康、对信仰的追求。她希望花茂村作为中国乡村发展的一个样本缩影可以让来到这里的人们静下心来,能让他们切实感受到传统文化的熏陶和邻里关系的和睦,这些都是一种文化自信的体现。"中央提出了乡村'产业振兴、人才振兴、文化振兴、生态振兴、组织振兴'的论断,对花茂村而言,文化振兴是乡村振兴的灵魂和内在动力,是这里乡愁经济的根本与命脉所在。"张胜迪总结道。

古法造纸不仅给花茂村增添了许多艺术气息,丰富了前来花茂村游玩的乐趣,也解决了十多户贫困户的脱贫问题,还吸引了20多位喜爱古法造纸技艺的返乡青年、大学生等,潘中美就是其中一个。同为花茂村村民的她在2018年从外地务工回乡,跟随张胜迪学习古法造纸等技艺,现在已能独立完成画作,并为游客提供体验式服务。"这些年村里发展越来越好，回乡工作，既能照顾孩子，也能做自己喜欢的事，我很知足！"潘中美说。从前在外务工，孩子成了留守儿童，学习生活一团乱，心中很是愧疚。回乡后，每天的工作是和花花草草做伴，或者和游客交流，既轻松愉快，还能赚钱，也能陪伴孩子，生活十分幸福。

文化发挥了神奇的效应，改善了村中留守儿童的现状，这是张胜迪最希望看到的情形。在张胜迪看来，文化扶贫是抓住贫困源头，拔出"穷根"的利器。而文化技艺的传承是文化扶贫的一部分，她已初步实现了自己构想的"文化＋旅游、文化＋产品、文化＋市场、文化＋品牌"的战略格局，也初步践行了她"耕读传家躬行久，诗书继世雅韵长"，贫者因读书而富，富者因读书而贵的人文情怀。"文化技艺传承是一件讲情怀，需要诸多勇气与恒心的事，如同红军的万里长征。"张胜迪笑着说，她现在只是刚刚踏上"长征路"，还有"雪山""草海"等困难在前方等着她，但她"不怕"！对于传统技艺文化及花茂村的明天，她信心十足。因为现在古法造纸的产值每年有80多万元，而她开发的花茂人家白酒品牌的年营业额也达到500多万元。

为了总结花茂村的美丽与变化，作为文化商人的张胜迪还出资请人谱写了名为《花茂人家》的歌曲：

"一个人的一句话，带到花茂人家。月亮挂在山腰，萤火飘过篱笆。田园蛙声阵阵，小河水车吱呀。花茂人家，花茂人家。能找到乡愁是你的神奇，一个梦中美丽的家。一道山岭飘

花茂村休闲山庄

来一个传说,一头石牛讲述一个神话,一间老屋蕴藏一首史诗,一盏马灯亮出一段佳话。能找到乡愁是你的神奇,一句话唤来大家。花茂人家,花茂人家。一阵笑声一首歌,把我带到花茂人家。燕子飞向新巢,蝴蝶带路赏花。乡音一声问候,老壶泡来热茶。花茂人家,花茂人家。一个心中幸福的家。一张张笑脸把那土窑怀想,一坛坛醇香把那茅台牵

小小花茂人朱悦悦

挂。千年陶艺汇成一条长街,古老村庄迎来满天朝霞。花茂人家,花茂人家。一片片乡愁化作甜蜜,欢笑声传遍天下。花茂人家,花茂人家。"

轻轻哼唱着这首花茂人自己的得意歌曲,王治丰惬意地对我们说:"现在花茂村也就还剩下不到500人没有回来了,他们之所以不回来,那是因为他们基本上都在城里有了自己的产业,或是成了工厂核心技术岗位上的骨干人才哪。"

十八

花茂村旅游旺了,王治强却又"跑"了。

这是王治强时隔36年第二次"逃离"故乡花茂。

习近平总书记视察花茂村并在王治强家开了"院坝会",他家就成了游客必访之地。"红色之家"的生意也好到让王治强几乎没时间吃顿完整的饭,二十天里竟整整瘦了15斤。两个月时间里,他接待了将近6万人,一遍遍不厌其烦地向到访者介绍总书记在他家的每一个细节,回顾总书记勉励的每一句话,一次次地和每一名游客合影留念。

"有幸成了习近平总书记新农村建设和脱贫攻坚思想的宣传员,不能怠慢任何一位来访的客人,这是我的荣幸,也是我的使命。"这位淳朴的山里汉子说话、做事都是这么淳朴诚挚。

"总书记让我把烟戒了。"王治强幸福又幽默地说。因为不停地向到访者介绍,"差不多比前半辈子说话的总量都多",所以声带发炎了,他干脆借机把抽了几十年的烟也戒了。即使这样,王治强还是整整一个月说不出话来。2016年10月2号,女儿给他和老伴定了机票,老两口跑到苏州、南京、上海去开了一下眼界,也休养一下。整整15天,他几乎都没张口说几句话,直到把声带养好了才回到花茂村。

2015年,王治强的"红色之家"收入近百万元,2016年110万元,2017年130万元,2018年达到150万元。也是从2015年开始,"红色之家"平均每年都要增加3个帮工,现在已有14人。这14人,都是当地村民。在当地政府有计划的扶持和王治强的带动下,目前花茂村共创办农家乐20家,乡村民宿与特色旅馆48家，安排470余人就业。

如今，花茂村道路通畅了，环境好了，村子美了，前来游玩的城里人越来越多。在当地政府和旅游部门的支持下，花茂村成立旅游公司，带动村民发展乡村旅游与特色文化产业。挖掘培育总书记提出的"乡愁文化"主题，配套农耕文化、陶艺文化、造纸文化、藤编文化等，把村庄作为景区来打造、把民房作为旅馆来经营、把乡愁作为文化来传承，实现了基础设施和庭院整治全覆盖。

花茂村退休教师侯光富逢人便说："我们村现在就是景区，这日子一天比一天好，比遵义城里也不差。关键是乡村旅游大发展，房子变成了一个个旅游产业的'孵化器'，农田变成了公园，就连草垛、石板路、水车、鸡鸭牛鹅都变成了旅游资源。要寻找乡愁，到花茂来你一定不会失望。"

城市化浪潮冲淡和淹没了乡愁，花茂村从城市返乡的农民们，在各级政府的帮助下，通过努力建设与恢复，又让乡愁回归到乡村，并让乡愁成为一种脱贫致富的资源，这不能不说是一种伟大的创举。

据统计，到2018年底，花茂村全年共接待游客190万人次，旅游总收入7380万元，1600多人直接或间接地参与到旅游产业中来。2018年花茂村村民人均年收入1.72万元，其中旅游业的收入占比达到42.6%。花茂村先后荣获"2015最美红村""中国美丽休闲乡村""最美村庄"等称号，5年来累计接待游客近1000万人次。同时，在旅游业的带动下，电子商务、商贸流通业兴起，乡亲淘、爱特购、农村淘宝等电商平台入驻，一大批农民开通了网店，把当地的土陶、藤编、辣椒制品、土蜂蜜、土面条、茶叶等产品通过互联网远销全国各地。旅游业让花茂村近半数农民告别了以地为天、靠天吃饭的依靠传统农业生产讨生活的方式，实现了"擦泥上岸，洗脚'进城'"的目标，旅游业已撑起花茂村产业的半壁江山。

现任花茂村党总支书记彭龙芬对我们说："村里最大的变化不是环境，是人心。过去，大家想得最多的是如何出去赚钱，如今群众想的都是如何把家乡建设得更好，让乡愁变得更美，更诱人。"

有到花茂村采访的记者向彭龙芬感慨：花茂村创新经营模式与田园旅游经济、传统红色文化融合在一起，它所呈现出的正是一个融自治、法治、德治相结合的美丽乡村治理体系缩影。花茂村不仅仅是一个向世人展示中国建设美丽乡村以及巨大扶贫成效的窗口，也是了解中国共产党初心与使命的窗口，更是了解中国共产党作为世界第一大执政党，成立近百年仍然蓬勃向上的奥秘的窗口。党的十九大报告提出，让贫困人口和贫困地区同全国一道进入全面小康社会是我们党的庄严承诺。如何一道进入全面小康社会？如何实现全体人民共同富裕？中国一个又一个的"花茂村"正在用他们的幸福指数揭晓答案。

第八章
花茂村的谋局者　>>

十九

昔日"街头鸡鸭满地跑,村里尘土飞满天,出行难、饮水难、看病就医难、农田灌溉难、村民增收难"的典型贫困村花茂村,用了短短几年时间走完了传统中国村庄要走上百年的巨变之路。新房建起来了,道路硬化了,村庄也变美了,但大多数村民仍然并不富裕,半数以上的人家甚至还没有脱贫。

"花茂的人气虽然开始上来了,但人心散得太久了,对今后更好、更快、更长远的发展肯定不是好事。村头(里)的'面子'是做足了,怎样继续充实发展'里子'呢?光有壳壳儿(外表)是不行啊,实实在在的真金白银才是硬道理!"对于将来花茂村的长远发展问题,王治丰等老一代村干部们看在眼里,急在心上,但也无能为力。

怎么办?怎么干?成为新花茂下一步可持续发展的新难题。

破题,当然要从谋局者开始。

选一队干部,激活一村人。

精准扶贫要落实到贫困点上,关键要选准干部。

干部需要有谋略,更要有实干精神。

"不能撒'花椒面',更不能造'盆景',要让花茂村实实在在脱贫致富,一定要有有效、长效的机制和办法。千方百计地拓宽花茂村农民增收渠道,这才是可持续发展的王道。要多管齐下，让家庭经营收入、工资性收入、转移性收入同步增长，这就必须要使农民家庭经营的第二、三产业的收入保持稳定增长，同时降低农村商品流通成本，活跃农村消费市场。"这是周成军到花茂任职前，写在工作笔记上的一段话。

2015年3月，在遵义县委宣传部工作多年的周成军，接到上级通知，成了驻花茂村的第一书记。

贵州省是全国贫困面积最大、贫困发生率最高、贫困程度最深的省份，截止到2015年底，全省尚有493万人口没有脱贫，这是贵州和全国同步进入全面小康的最大障碍。贵州的扶贫工作搞了几十年，但还是不能实现整体脱贫，究其原因，主要就是扶贫政策不接地气，不够精准。为解决这一问题，2013年以来，贵州省各级干部近20万人下沉到全部贫困村，按照每村一组5人的标准，开展"同步小康驻村"工作。周成军，正是这20万驻村干部中的一员。

"驻村干部要静下心来，认真调研，摸准情况，谋划布局，然后再精准施策。这样才能打通、打好精准扶贫最后一公里。"初到花茂村，周成军便花了两个月时间挨家挨户进行走访，与村民同吃同住同劳动、谈心交心，摸清他们的实际情况，了解他们的需求，既帮助农户找准脱贫致富的法子，又对全村进行整体布局规划。

由于工作方法对路子，周成军的驻村工作很快就取得了实效。周成军曾走访过一户农家，得知这家的儿媳妇在外地一家农家乐打工。他当即提议，她可以在自己的家乡开农家乐。很快，这一想法得以实施，一家名为"花茂农家"的农家乐开了起来，当年就实现营业收入25万元，这户农家一举脱贫。

在村级规划上，周成军提出"以乡村基础设施建设为抓手，以机制创新推动精准化扶贫格局"的工作思路，取得了显著效果。带领花茂村两委以"四在农家·美丽乡村"升级版创建为切入点，按照整村推进小康建设引领精准脱贫要求，统筹精准扶贫与率先小康齐步走。

2013年末，花茂村精准扶贫建档立卡贫困户101户242人，其中一般贫困户4户8人，低保贫困户42户131人，低保户53户101人，五保户2户2人。贫困发生率5.3%。

针对上述贫困户的不同情况，村委会精准对接，通过干部结亲、驻村工作组、龙头企业、专业合作社、致富能人等"五带"贫困户，找准门路、搞好培训、争取项目、协调销售、改善环境、完成学业、扶助老弱、医疗救助、文明素质、强化法治等"十帮"贫困户，构建支部领导、村委主导、群众主体、部门帮扶、社会参与的扶贫格局。

另外，周成军等干部以产业扶贫为根本，加强扶贫工作的可持续性。为此，他们千方百计引进多家现代农业企业，发展现代山地高效农业，采取"公司+基地+专业合作社+村委会+农户"的模式，由村委会"一事一议"拉出负面清单审核，探索土地入股、平时务工、年终分红机制，用市场的办法推进产业化、社会化扶贫，既解决精准扶贫问题，又解决率先小康问题。

党的根基在基层，打赢脱贫攻坚战，关键要看基层党组织的战斗力。近年来，花茂村在同步推进脱贫攻坚与全面小康过程中，坚持解放思想，大胆创新，探索出"统筹规划、统筹资源、统筹路径、统筹机制，推进组织强、发展强、基础强"的合作发展、抱团发展新路子，加快迈向富裕的步伐，让本村群众感到跟着党组织干，不仅有奔头，有甜头，而且有盼头。

基层党组织主要以以下方式发挥作用：

一是"支部＋协会＋农户"。村党总支积极探索乡村旅游分析预测机制和联动联合发展机制，将集体利益与个人利益有机结合起来，推动乡村旅游可持续发展。通过"支部＋协会＋农户"模式，成立乡村旅游协会，提高农家乐和乡村旅馆组织化程度。目前已发展会员12家。根据职责分工，乡村旅游协会负责向内规范市场，向外拓展客源；村委会负责监督会员经营行为、合理分配客源、调解会员矛盾纠纷、整治周边环境卫生、组织开展技能培训，对游客反映的问题及时处理；个体经营户负责诚信经营，以优质服务获取客人认可。乡村旅游协会通过提供优质服务可以从会员单位的营业收入中提取10%作为协会收入，协会收入部分40%用于滚动发展，40%用于公共事业如解决空巢老人、留守儿童、困难群众、老党员等群体的生活困难，另外20%用于协会阵地建设和工作经费。

二是"支部＋合作社＋农户"。村党总支组建种植养殖专业合作社，为农户提供种源采购、技术培训、协调贷款、跟踪管理、市场信息、规范管理等服务。通过"支部＋合作社＋

农户"模式，带动周边乡镇 12 个合作社发展蔬菜基地 3.5 万亩，带动种植大户 500 多户。如花茂村蔬菜种植专业合作社就近吸纳农民 74 人、发展基地 5000 亩。与此同时，通过发展农村电商带动 16 户就近就业、提升技能、增加收入。目前，九丰公司共带动当地群众 140 多人就近就业，年人均工资 2.3 万元。累计完成技术培训 6100 人次，10 名农民已成长为公司种植技术经理。同时，村委会自己创办了遵义乡愁花茂旅游开发有限公司，把土地流转、平时务工、技术培训、乡村旅游等纳入公司管理服务内容，让公司成为农民就业、增收的有效平台。由遵义乡愁花茂旅游开发有限公司投资 145 万元开办的民俗宾馆，已开始营业。

在精准的谋局与实实在在的扶贫项目的帮助下，当年花茂村就实现人均可支配收入近 13 000 元。

谋未来如谋棋局，谈到未来发展，周成军成竹在胸："我们的规划是这样的，根据党的十九大期间习近平总书记提出的乡村振兴战略，我们要根据自身的情况，计划形成乡村旅游、农业产业和特色文化产业三足鼎立的经济格局，努力将花茂村打造成'致富田园、乡愁故园、兴业乐园'。"

周成军认为，要继续鼓励发展旅游业，着力打造全域旅游，让红色旅游、乡村旅游、生态农业旅游、康养旅游、文化旅游等几条线有机贯通。"我们还在修一条旅游大道到青坑村九龙洞，那里有优质温泉，其自然水温 36 摄氏度，是从地下冒出来的天然的，这是我们下一步的规划重点。"

花茂村不仅守住了生态和发展两条底线，还依托土陶、古法造纸等历史传承的文化特色发展文化产业。在旅游内在和外在线路贯通之后，周成军觉得，还要重点规划和发展农业。"这是我们花茂的主导产业，是我们的主要发展思路。发展其他工业是不现实的，也会影响我们的美丽乡村建设，我们就没有乡愁了。农村不像农村，城市不像城市。所以，我们还是要保住乡愁，重点发展规模农业。"

"下一步，我们计划直接把农业拓宽到邻近村，土地是我们致富的宝，我们要用技术带动周边村镇共同发展。计划逐年适时增加耕地种植面积，带动更多人致富。做大做强农业产业，花茂村才有可持续发展的可能。同时按照党的十九大报告的要求，培养造就一支懂农业、爱农村、爱农民的'三农'工作队伍。我们的合作社在不断地发展壮大。如果不继续搞土地流转，很多地未来也会荒掉，因为愿意在田土里干的劳动力，年纪大了以后也干不动了，年轻的又都不愿意干甚至不会干，宁可继续在外务工。所以，我们必须要把土地的价值最大化地挖掘出来，才能吸引并留住人回来做农业。这是我们唯一的出路，没有什么更好的出路了。"周成军说。

在发展的过程中，花茂村的"谋局者们"到了很多地方去参观、考察、学习，他们看到了一些问题。比如，很多地方都是全盘的公司化，把所有土地打包交给公司，但公司瘫痪了，老百姓的利益就得不到保障。

周成军极为警惕这个问题。"首先我们是为老百姓发展，其次是由组织带头，所以在发展过程中，包括管理这块，特别是收支，我们管理得比较细，村两委都深度参与了，最终是要保障老百姓的利益。既要龙头企业做示范、做带动，也要培养本村百姓自己的造血功能，两种方式结合，既要借船出海，也要自身发展。村两委要在其中起到关键的把握方向的作用。这个理念贯彻下来，2017、2018年我们都是盈利的。"

二十

2015年12月，枫香镇党委又将农村和党建工作经验丰富的潘克刚派到花茂村任村党总支书记。

潘克刚原是隔壁张村的党支部书记，因为政治上成熟，大局观念强，能力突出，善于调解矛盾，对抓基层组织建设工作尤为得心应手，又被选拔到枫香镇农业服务中心任副主任。

这也是一名务实、能干的基层谋局者。

上级组织派他到花茂村，最重要的任务，就是抓好花茂的基层党组织建设。

因为在中国农村，不论干什么工作，首先要有一个好的班子和班长，才能进一步抓好基层党组织建设、党员队伍建设。

"之前花茂村的发展不怎么好，主要原因是老百姓的思想教育落后了，大量有文化、有能力、有思想的年轻人都外出找工作去了，留下的大多数是老人、妇女和儿童，进一步开展工作，各种难题就开始显现了。所以，一个班子要干一项工作，没有老百姓的支持，班子怎么干都没用。"潘克刚在来花茂村之前，就先从侧面做了深入的调研，一针见血地指出花茂的发展问题是思想问题，而思想问题的根源就在于组织领导问题。

问题根源找到了，下一步怎么办？其他村干部问他。

"村看村，户看户，群众看干部。"党员引领和示范作用在新时期农村发展工作中至关重要，潘克刚首先和花茂村党总支紧紧围绕基层党组织思想建设提升、服务能力提升、发展水平提升、党员素质提升、群众满意度提升"五提升"要求，倾力打造基层服务型党组织升级版。他们按要求配强了班子，争取了一名有经验的驻村干部和一名大学生"村官"到村任职，优先从种养大户、致富能手中推选党组织成员，村两委现有专职干部8人，人均月工资2500元，队伍基本稳定。通过"三会一课"、上级调训、外出取经等形式加强干部培训，班子综合能力大幅提升，战斗力和执行力明显增强。

同时，潘克刚注重加强管理制度建设，从自己做起，严格遵守上下班制度，不搞一言堂，每月至少召开一次党员大会和支委会会议。定期召开专题组织生活会和开展民主评议党员，总支班子开展批评与自我批评，对查找出来的问题和不足，限期整改并公示。

另外，潘克刚特别重视学习带动，先后邀请优秀共产党员罗家国、道德模范闵廷辉等当地知名人士为村两委成员和全村党员上党课，以鲜活事例教育引导广大党员增强社会主义核心价值观。经常开展党员主题活动，目前，以"传承、服务、警醒、感恩"等为主题的党员活动日已累计有2700多人次参加。经常组织党员到发达地方参观学习，全面提升党员带头致富和带领群众致富能力，让每一名党员都成为一面旗帜、一个标杆。党员母先才在村党总支的帮助下，通过到广东佛山、江西景德镇等地学习，制陶技能得到很大提升，返回后带领3名花茂制陶人升级打造了陶艺体验馆。2016年，母先才的陶艺体验馆被省委党建工作领导小组授予"全省党建扶贫示范基地"荣誉称号。

"基层党组织工作初步见到了成效，接下来的重点就是要通过一些会议，教育引导老百姓跟党走。但是怎么教育？这是一个比较头疼的事。刚去的时候，因为在周成军同志的带领下，花茂村已经有了非常大的起色，但党组织还是有些软弱。群众会、愿望会等开得不多，花茂的老百姓还是不太了解基层干部在干什么，对国家的那么多惠民政策和扶贫措施，老百姓不清楚，不知道，工作较为被动。"潘克刚说。

为了抓好组织建设，为今后长远发展布局，潘克刚当时用的"法宝"就是——入户详查，分组开会。这也是我们中国共产党的制胜"法宝"，没有调查研究，就没有发言权。

在到任后的3个月时间里，他走遍了花茂村的村民组，入户达90%以上，只要家里有人在，他就去坐坐、谈谈，了解家庭情况、思想状况，听取意见建议，甚至是牢骚和怨憎。到每一个村民小组他都要开会，开会内容一是宣传国家当前的一些政策，二是听取老百姓的意见和建议。当时村民意见和建议的范围很广，因为发展一直较为滞后，老百姓对村里，对部分村干部很抵触，他便诚恳地收集大家的意见和建议，看看干部还存在什么问题。比如，在老百姓面前有没有吃拿卡要，办低保有没有优亲厚友情况等等。在全村所有的村民组开完会之后，潘克刚竟然收集了300多条意见。他熬了七八个晚上，对意见逐一归类总结，自己吓了一跳，问题竟然有38项之多。

这38项问题怎么办？

"我们村干部们合计了一下，统一了思想，针对所有意见和问题，我们都要一一给出坦诚的回复。比如涉及哪一个村民小组或者哪一个干部的问题，我们就先进行自身整改，整改之后再对老百姓一一回复。有的老百姓提出的意见是不正确的，我们就找上面的政策支撑点，给老百姓解释清楚。确实是我们错的，我们就要改进。最终，通过干部们前前后后四五晚的到组入户会议，将相关问题基本解决。"

提起当时那四五个晚上，潘克刚说："几乎没有在凌晨1点前开完的，村民们憋屈得太久了"。

有时，潘克刚一晚上要开两个组的会议，这个组召开完之后，又要马上赶到另一个村民组去解决村民的难点。在龙坑村民组第一次召开会议时，一个村民组300多人，参会的只有3人。这让潘克刚心里感觉压力特别大，"300多人的村民组，只有3个人来开会，可以想象得到这里面问题有多大！老百姓这样不支持我们的工作，说明我们的工作中肯定存在着大问题，所以那个村民组反复召开了几次会议。到第三次时，老百姓把他们想说的话都说了。通过这个村民组的情况，我觉得习近平总书记说的'基础不牢，地动山摇'太正确了。在基层，我们深有体会，就凭几个干部，你能干什么？没有老百姓的支持、拥护，什么都干不成。所以，后来老百姓比较支持我们。同时我们也要注意到一个问题，就是老百姓找我们办什么事的时候不能敷衍了事，要站在他们的角度想问题，积极回应，他们绝大多数都是通情达理的，不会太苛刻。比如，村民有一些需要到村委会来办的事情，符合规定的，我们要给他们一次办了，免得他们跑来跑去。我们一点一滴、一言一行都要让老百姓真正感受到组织的温暖。所以，他们一传十、十传百，对我们慢慢开始信任了。"

通过一系列的摸底和开会解释后，潘克刚提出要以上级要求的"五带头五提升"来精准明确任务和责任，推动花茂村党员干部践行忠诚于党、服务人民、加快发展、作风优良、廉洁自律的"五带头"和实现党组织思想建设、服务能力、发展水平、党员素质、群众满意度"五提升"，以此来发挥党组织、党员、干部在精准扶贫、率先小康中的"领头雁"和"火炬手"作用。在"五带头五提升"的指导下，花茂村两委的干部们大力倡导"马上办""钉钉子""认真负责""激情创业""敢于担当"的精神，党员与村干部精神面貌焕然一新，工作激情大幅提升，组织建设逐步走向正轨，战斗堡垒作用开始显现。

在基层，有着"村看村、户看户，群众看党员、党员看干部，群众富不富、全靠党支部"的情况。支部建设抓好了，基层党组织建设工作进入正常轨道之后,潘克刚和周成军一道开始重点谋划花茂村的"跳跃式"发展了。

通过"四在农家·美丽乡村"建设,花茂村的新农村建设硬件设施已基本抓完了,乡村旅游业也起了势头,可多数村民除了外出打工,基本上还在吃农业饭,一亩地挣个几百元,这日子不算香甜。他们下决心带着大家把产业搞起来,因为乡亲们最关心的还是钱包鼓了没有。考虑到老百姓要发展、要致富、要留人,所以他们准备从农业产业上发展,让老百姓增收致富,让原来的传统农业两三千元一亩地的收入变成两三万元。这就要进一步加大土地流转力度,全面加强现代山地高效农业在花茂村的发展。想法是好的,但农民们并不相信,有人说你们村干部没有什么原则,你们骗我们吧,怎么可能呢?田土全都种菜种果,卖不出去了,我们喝西北风啊!

潘克刚他们反复解释这样做可以解决就业问题,大家还可以入股分红。如果你愿意流转土地,一亩田地可得租金700元,每年递增3%;如果你愿意入股,可按股金分红。干部们反复地进组入户深入宣传,在村民们实地考察后,90%的农户开始支持土地流转,但仍有个别人不支持。

说起这事,潘克刚的话匣子就关不住了,他说这是基层干部处理复杂问题和基层党建工作的关键所在。

"有一名叫侯光培的农民,他说什么都不支持我们,而他家的土地又比较关键,在一块需要集中流转土地的正中。我和总支四五名党员干部跑了他家十多趟,当时我们的分管镇长也跑了三四趟。到他家去，你要吃饭可以，抽烟、喝茶也可以，他说你来是朋友，你是领导，一起吹吹牛、喝喝酒都没问题，其他工作上的事和土地流转的事你提也别提，一提，他就往外赶人。"

"我问他为什么不能说其他话，他什么问题都不说，就给一句话：我不同意。我想，我们的工作肯定有问题，所以才导致老百姓抵触我们。我去了那么多次，每次都认真把内容记下来，思考他为什么不同意。从他平时的表现来看，他是个非常明事理的人，为什么会有这种情况？我就反复问他，是不是我们基层干部在工作上有什么问题？比如在发展上有没有什么谁搞优先？最终，他就给我讲了一个问题，说是在污水治理修排污系统时，之前村里定下要在他家门口留排污管道，但修的时候没修到。污水系统是2014年修的，我问他是谁说的、谁表的态，他死活不给我讲了。另外，他说你们说'实现户户通水泥路'，为什么我这里没有？所以我私下总结，肯定他心里有什么坎迈不过去。后来我再去的时候，想了一些方法和他沟通。不谈工作，就说关于发展怎么样，路灯、水泥路、污水怎么处理，我想听一下你们的建议，他就慢慢地把话倒出来了。原来，不是村干部答应他先修排污系统和通户道路到他家，而是在建筑工地上干活的工人随口一说罢了，工人并不知道、不了解项目情况，只是说可能修到他家去，但这么一说，他就觉得是村里答应了，但最后没有修到他家，导致他情绪很大。"

"为了做他的工作，最后一次到他家时，我就给他讲，你

农业产业工人在大田耕作(一)

农业产业工人在大田耕作(二)

说让我现在答应你,我肯定做不到,为什么?因为涉及资金问题,我肯定要请示上级。不仅是你这一户,还有整个区域的,按照规划,比如修路、装路灯、污水排污,我们都要有一个统一的规划。我告诉他,我也是农村人,在基层工作多年,老百姓的心声我是知道的,老百姓有什么意愿我也明白,只要是我们脚踏实地干的工作,并且是按照我们的实际规划出来的,在工作上不会谁家先做,谁家后做,绝对是人人平等,我们倡导的就是'公平'两个字。讲完之后,他说这个事情已经折腾了都快两个月了,看在你们党员先进分子的份上,我就答应你们吧。"说到这里一向严肃的潘克刚得意地笑出声来。

此外,在打造新农村建设,旧房改造,整治村容村貌时,建筑外观按规划是统一的黔北传统建筑风格,但有很多村民不太相信村里,各自照自己的想法,想怎么建就怎么建。有些村民打算把老房子、土墙拆掉扩建成宾馆、民宿,把门前的菜地改为停车场。这样一来,收入虽然增加了,但也把乡愁破坏了。按土地管理部门的规定,在红线区域是不能修建筑的,不少村民也不予理会,照样我行我素。有村民说:"你们动不动就说发展,什么发展不发展的,说破天,我们农村还不照旧是农村。"

为了统一村民思想,花茂村的党员干部耐着性子,一家一户苦口婆心做群众的工作。即使如此,不少农户还是不支持。村党总支便发动党员带头开始改建,最终违规建房数从将近1000户缩小到400多户,再缩小到100多户,现在村里民居全部统一建成了具有浓郁地方风情的特色建筑。这些都成了花茂村现在快速发展的外在优势，并为未来发展奠定了良好基础。

因为党的建设抓得好，党员先锋模范作用在花茂村的实际工作中得到充分展现，村里经济、社会、文化等各方面工作都取得了新的突破和长足发展，成为贵州省新农村建设的一面旗帜。2017年，潘克刚当选为中国共产党第十九次全国代表大会代表。

2017年10月19日，习近平总书记在参加贵州代表团讨论时，潘克刚还将一幅鸟瞰整个花茂村的照片送到习近平总书记面前。总书记起身接过照片，边看边称赞："这是风景画，很漂亮！"

二十一

彭龙芬是一位"女强人"，这在花茂村和枫香镇是众所周知的，就是在区县里，很多领导也都认可这一说法。

这几年在花茂村，哪里有困难，她就会出现在哪里，越是对她有意见的人，她越是要找上门谈心交心，直到把思想工作做通，把问题和矛盾消解。

彭龙芬就是一名执行力超强的女强人加实干家。

这个"从山坡坡上"嫁到花茂大坝来的外来媳妇，如今成了花茂村新一代致富奔小康的领头人。

1995年9月的一天，刚从田里做完农活回家的彭龙芬被花茂小学的校长招去谈话。由于村里小学有老师请产假，出现岗位空缺，校长问她愿不愿意当代课老师顶替一段时间。她想都没想，一口就答应下来了。因为她太热爱这个职业了，如果不是婚嫁，她在娘家那里可能已经是正式教师了。

就这样，彭龙芬成了花茂村小学一名代课教师。

她的命运和花茂村的"命运"也因此开始转变。

刚开始，校长还是有些不放心。所以，她在里边讲，校长在外边听，听了半节课，校长就放心走了。

其实彭龙芬在娘家小孔村小学就当过代课教师，并且是全科老师。她善于学习、思考，善于激励、鞭策，她曾用工资买苞谷花来当教具兼奖品，让学生的学习积极性大幅提高。1992年仁怀市小学期末考试她带的班竟然获得全市教学考试二等奖，教育部门的官员不太相信，市里那么多重点小学考不过这么边远的山区乡村小学？等放寒假她回婆家时，教育局派人把在山上放牛、打猪草的学生都喊回来，重新出题目，再次考试。结果，来组织重考的教育官员都心服口服。

彭龙芬格外珍惜这来之不易的机会，教书讲课、批改作业都极度认真。在花茂小学任教第一次期末考试，她所带班级在全镇10多所小学中又名列第二。代课的12年间，她年年被评为教学先进，是学校语文、数学、自然等科目的"全挂子"（全能、全方位）。因此，彭龙芬"女能人""女强人"的称呼就开始在花茂传开。

但命运却时常嘲弄人,尽管她全心全力地投入教学工作,也取得了大家都公认的优异成绩,却一直没能转成正式老师,只能以"编外"代课老师的身份尴尬地栖身在花茂小学的校园里,收入、身份甚至荣誉,都比同岗的教师低得多。即使这样,她也没能保住这个"泥饭碗"。

2006年,因国家逐步取消乡村代课教师制度,她又一次"失业"了。

为此,她在山坡上的烟田里哭了好几场。委屈、愤怒、哀怨、痛苦、酸楚,几乎所有形容难受的词语,彭龙芬在那段时间里都真切地体会到了。

都说上天给你关上了一扇门,必然会为你开启一扇窗。因为彭龙芬"女强人""女能人"的形象已经在花茂人心里扎根,所以给她干事创业的新舞台很快再次搭建起来。

2007年12月村两委换届选举开始,村里许多村干部和乡亲们都动员她参选。她犹豫了许久,不敢应允,生怕再次被命运戏弄。后来在丈夫的大力支持下,她下定决心参选,不为别的,就为了当初哭着买粮的遭遇。她要改变,改变自己的命运,改变家庭的贫穷面貌,改变花茂村的落后现状。这是她的初心,也是她的终极梦想。

加上彭龙芬,当时共有11名村民竞选村干部,全村1900多人投票,她得票数居然稳居第一。根据组织安排,她当选为花茂村村民委员会副主任。

一个外来的人,一个外来女人,竟然那么多人推崇、信服，着实让全村都震惊了。

震惊归震惊，但能不能为村民干好事情，干出名堂，很多人并不看好。

村委会分配给彭龙芬的第一项重要工作是负责林改，为做好这项工作，她白天逐山逐坡测量绘图，晚上加班加点做资料整理，经常干到凌晨两三点。3年时间里，她在山上沟涧中来回走了3000多公里，穿破了9双鞋子，绘制一人多高的一手资料，圆满完成了这个谁都不愿接手的工作，受到县、市相关部门表彰，也赢得了大家的信任。

2013年再次换届时，彭龙芬被大家选为村党支部副书记。2017年换届，她又被大家一致推选为村委会主任。2018年，彭龙芬又众望所归地当选为花茂村党总支书记。

在村里的职务越来越高，事情就自然越来越多。好在，彭龙芬做事踏实、细致、公道，村民们都比较钦佩、敬重她。她为了增强百姓获得感，探索出民思我想、民呼我应、民需我办、民困我帮、民气我顺的"五民"工作法，定期到村民小组召开"干群见面会"，面对面了解情况，真心实意帮群众想、教群众会、带群众做、促群众富、让群众笑，增强了村党总支的凝聚力、战斗力、号召力。村民曹安全，尽管已有28岁，但由于是聋哑人，企业不肯用，外出不放心，村党总支通过协调花茂顺然农庄解决了他的就业问题，包吃包住，每月工资收入2100元。"你在做，群众在看，群众小事在我这里就是大事。"这是她的一句口头禅。

彭龙芬在工作中

村干部毕竟也是村民，是农民，不可能永远坐在办公室工作，坡上田里还有许多庄稼活要做。为了不耽误给村民办事，她到田里做农活都要把公章揣在怀里，需要签字盖章的村民，远远地喊一声，她就会放下手头的活儿，赶快跑到坡下路边"现场办公"把事办了。村民王培宇在深圳打工，一次因为流动人口证明丢了，需要重新补办，他便让70多岁的老父亲找彭龙芬帮助办理。见老人家行动不便，她和丈夫二话不说，开着自家的车带着老人家到镇上办完相关手续，并将证明快递发往深圳。事后回村，老人家非要拿10元钱以示感谢，她婉拒后说："这是我们村干部应该做的分内事！"老人家十分感慨地说道："老共产党员的好作风又回来了，这样实实在在为老百姓办事的作风可是个传家宝啊，一定要一直传下去！"

对彭龙芬而言，她的"传家宝"是24个笔记本，详细地记录着花茂村各家各户的情况，记着每个贫困户的贫困原因，记着村集体每项开支的明细，记着上级交办的每项安排，记着村里每天发生的变化；同时，也记着自己的喜怒哀乐。

老人家的那句话，让她进一步坚定了为民办事无大小，为民服务无止境的意识。她郑重地将"能办的事一定办，特殊的事上门办，不能办的事坚决不办"作为座右铭写在笔记本的扉页和手机屏保上，时时对自己进行鞭策。

不能办的事也时有发生。

农村低保工作是一件非常敏感而牵扯甚广的事情，也是考验村干部品质与工作能力的事情。2016年4月的一天，某村

村民在制作传统的手工面条

花茂村陶瓷工坊

村民在制作工艺品

民到村委会找到彭龙芬,一进门就"咚"的一声跪在地上,并连连哀求:"求求你一定要保住我们老汉们(父母)的低保名额啊!你要是取消了他们可咋活呀?"彭龙芬知道他父母身体不好,但他家有兄弟三人,却谁也不愿赡养老人,就赖着国家低保给两位老人"养老"。彭龙芬反复给他讲政策、说道理,他就是不听,还找各种理由撒泼耍赖,无理纠缠。最后,彭龙芬和村里还是坚持原则,取消了他家的低保名额。那人多次发短信辱骂威胁:"彭龙芬,你一辈子都当官?拿下我的低保,到时找你算账,上面来人的时候再告死你。"这些当然没有吓住彭龙芬,她还主动找上门去,和兄弟几个一一算账,详细计算他们各家收入,有理有据,最终用数据和事实说服了他们。后来,他们兄弟几个还上门认错,称"彭孃是真坚持原则,公道!而且也不整人,不害人。我们知道错了,服气了,今后一定好好赡养老人!"

　　村子在发展过程中矛盾多,村干部工作辛苦,压力大,事多又难做,加上待遇低、入不敷出等原因,和彭龙芬同时当选的村干部中,有人干了几个月就撑不住了,主动要求退出村委会。但不论经过怎样的变化,受到怎样的挑战,彭龙芬都始终坚持一人肩挑重担,不分白天黑夜地工作,不言苦,不言累。自到花茂村委工作以来,彭龙芬协调矛盾纠纷上百起,群众的合理诉求得到了有效解决。如刚任村委会主任时,就有群众到村里反映,乐山镇某专业合作社在花茂村租农民土地种植辣椒,因为经营不善,合作社亏损,拖欠土地租金和农民工工资

花茂村现代农业区内的蔬菜大棚

40余万元。彭龙芬了解情况后,组织村干部和村民一起到乐山与该专业合作社负责人谈了10余次,终于解决了拖欠问题。她就这样用解决一件件实事、难事的实际行动把"女能人""女强人"与新时代共产党人的形象印刻在带领花茂村脱贫致富奔小康的大路上。

随着花茂村一年一个台阶地快速发展,产业兴旺、生态宜居、乡风文明、治理有效、生活富裕的花茂村成了贵州省脱贫攻坚的一面旗帜。彭龙芬也在实践中总结出属于自己的管理与谋局思路。

在彭龙芬的管理布局中,第一位的是村干部与村民共同制定规范,共同遵守规范。作为农村群众自治组织核心的村两委,通过完善自身权力行使与监督,进一步夯实了村民自治在美丽乡村建设中村庄整治的重要功能。一方面,花茂村通过召开党员大会、村民代表大会,修改制定了村规民约,从而完善了对村民行为的规范;另一方面,完善网格化治理。通过建立智慧社区管理平台,开展村组公共服务均等化试点,将全村划分为12个网格,实行"一格一员"零距离服务,每个网格设立1名网格长,听取社情民意,及时回应群众诉求和开展代办服务。目前已为群众完成代交水电费、宅基地审批等便民服务3200余项,为村民节省办事成本3万多元。另外,村党总支从2016年2月起举办"花茂讲堂",用生动典型和鲜活事例教育引导党员和群众讲文明、知礼仪,讲道德、知荣辱,感党恩、跟党走,用通俗易懂的地方话和具体事例讲解党的方针政策。"花茂讲堂"开办以来，先后邀请了道德模范、贵州好人、十佳孝女等代表人物 30 多人授课，每次授课座无虚席，效果显著。与此同时，建立掌上"移动支部"，把外出党员和在家村民拉入 QQ 群和微信群，适时开展"送教上门"活动，及时传递党的好声音，收集民情民意。这些做法打通了联系群众工作的"最后一公里"，实现了全村上下一条心、干部群众一股劲的局面。

"抓作风就是抓重点"，彭龙芬将这句话化为工作的另一个重要抓手。在一次村两委会议上，彭龙芬开诚布公地说："打铁还需自身硬，要想为群众干实事、干好事，要想抓好花茂村的工作，首先村两委班子要团结，作风要正，要有大局意识和正义感。从我做起，从班子成员做起，以扎实的工作作风回应群众关切。"2017 年 1 月花茂村村监委选举之后，彭龙芬明确了村监委的工作职责："村监委委员的主要工作就是在村内巡视。一是监督村两委成员对安排的工作是否落实到位；二是监督民生资金是否安全，村两委干部是否存在'吃、拿、卡、要'等问题。每周一开例会时将巡视结果进行通报，及时反映真实问题，实现村两委工作透明化、阳光化。"彭龙芬的要求得到了党员和村民代表的一致认可。

与此同时，彭龙芬同其他村两委干部一道为壮大发展村级集体经济而大胆布局，他们以"四统三强"机制把村党组织、公司、协会、专业合作社、农户连接起来，建立完善"村党组织+公司（协会）+基地+合作社+农户"利益联结机制，走上了合作发展、抱团发展之路。2016年,为促进花茂村旅游发展,彭龙芬带头成立乡村旅游协会。在协会成立之初,因为大伙儿都没干过,没有经验,有的人担心不能成功,彭龙芬则认为什么东西都是摸索和实践出来的。她组织村两委干部和乡村旅游大户到桐梓县学习乡村旅游协会的经营和管理,回来之后召集乡村旅馆和农家乐业主开会,经过几次会议讨论,大家都决定试一试。最终村党总支将村里的12个农家乐和乡村旅馆组织起来,成立了乡村旅游协会,探索联营机制,把集体利益与个人利益有机结合,实现同步发展。协会制定章程,向内规范市场,向外拓展客源,村委会负责监督会员经营行为、合理分配客源、调解会员矛盾纠纷、整治周边环境卫生、组织开展技能培训,对游客反映的问题及时处理。目前乡村旅游协会运行良好,在村两委的带领下,花茂村依托优美的田园风光和"四在农家·美丽乡村"建设成果,发展乡村旅游和观光体验产业,走农旅文商一体化发展道路。

第九章

厚土深植方能花繁叶茂　>>

二十二

母先才经常从梦中惊醒，然后睁着眼睛看着月亮一点点沉没，太阳一点点升起。

2014年，看到王治强他们依托刚刚兴起的乡村旅游业，在家里开个农家乐都能快速致富，他也盘算着借着"四在农家·美丽乡村"创建活动的机遇，实现自己依靠家传的陶瓷手艺创业致富的梦想。

1968年出生的母先才，13岁小学一毕业就辍了学，跟在爷爷、父亲屁股后面当学徒，16岁后凭借着"家传绝活"进入当地国营红陶厂做工。1981年国营红陶厂解散了，他先后和其他流散工人合股建了几口土窑产粗陶，过起了半手艺半耕种的日子。农闲时节，就做一些腌菜坛、黑砂锅、水缸等日用产品，在方圆50公里内自制自销。他每天凌晨3点出门，挑着百十斤的陶器出门走村串寨出售，晚上就换回百十斤苞谷，贴补些家用，供几个孩子上学读书。

为了实现发家致富的梦想，母先才反复给自己鼓了一个多星期的劲儿，把要表达的话语也反复练习了几十遍后，才壮着胆子来到枫香镇。他在镇政府大院徘徊了许久，才怯怯地敲开了镇长办公室的门，忐忑不安地给镇长帅波讲了想把老房子拆了，搞个土陶用品商店的想法。

"本来想着镇长这样的官儿，公事多，架子大，要么直接把我赶出去，要么几句话糊弄一下把我打发了。没想到，帅镇长不仅递烟上茶，还拉着我的手和我滔滔不绝地讲了一个多小时。讲了他对花茂村发展的想法，也特别讲到我的问题，他已经想过让我带头搞陶艺的计划，这真是不谋而合啊！"直到现在，母先才对帅镇长的远见还是很惊讶和敬佩。

帅波是当地一位有想法、有思路、想干事的年轻干部，他也一直在琢磨，如何尽快发动当地农民利用土地资源，在"土"字上做文章，快速促进花茂村农民创业、就业。见母先才自己也有做事的想法和能力，就和他一起谋划将花茂村的土陶产业重新发展和振兴起来，并建议母先才搞一个陶艺工作室，同时一并把特色民宿做起来。这让母先才更加坚定了自己的决心。

就这样，在当地政府和金融机构的协助下，母先才咬牙贷款85万元，并申请当地小微企业奖励基金，加上自己千方百计筹措的其他资金，一共投资120万元兴建了自己的陶艺工作室和精品特色民宿。

房子建好了，他却食不知味，忧心如焚，整晚整晚地睡不着，头发一把一把地掉。

"毕竟是100多万哪，真要是发展不起来，就是把我卖上一百次也还不起（贷款）啊。当时差不多天天晚上在床上滚来滚去睡不着，想得最多的是卖掉房子算了，就算吃糠咽菜也认了，最起码能睡个安稳觉呀。"

但让母先才没想到的是，仅仅才过了两年时间，85万元的贷款竟然全还清了。

"这主要是托总书记来视察的福！同时也是县里和镇党委、政府扶持有方，不仅帮助我们花茂村规划兴建了陶艺文化创意一条街，让我们这百年老手艺重新振兴，也把我个人推成全国网红哩，现在全省、全国、全世界的游客到花茂村来旅游，都要到我这里参观、购买陶艺作品，按你们年轻人的说法叫'打卡'。这一年下来，净利润就有不下40万哩。"说到这两年多的发展，母先才说"就像骑在火箭上做梦一样，'嗖'的一下，就从冰窟窿里到天上了！"

和母先才一样依靠传统的陶瓷手艺迅速脱贫致富的，还有住他家隔壁的兄弟母先刚。

随着花茂村乡村旅游业的蓬勃发展，陶瓷商品市场同质化竞争情况越来越严重，游客逛完一家，到第二家一看，商品基本一样，也就没了兴致。头脑活泛的母先刚首先意识到差异化竞争的紧迫性，要想进一步发展和共赢，就必须结合花茂传统的粗陶手艺，按照市场需求创建独特品牌。于是，母先刚在具有上百年历史的家传制陶技艺基础上，广泛借鉴云南汽锅鸡、重庆鳖子鸡蒸制用器的特长，充分发挥创新意识，发明了花茂特色的鳖子鸡陶锅，这成为他的第一个特色品牌产品。

母先刚得意地介绍说："花茂鳖子鸡陶锅采用我们祖传的土陶手艺加工而成，将传统工艺与文化创意相结合，利用磁场、气压技术以及阴阳平衡的原理来设计陶罐的形状，这种器具乍看像是一个普通的陶瓦罐，圆柱体形，中间部分凸出，有点像乐器中的鼓。这个特殊的器皿分上下两层，上面部分加的是冷水，下面是热水，下面的热气通过中间的气孔往上冲，凝聚在盖子的最高点，当热气碰到冷水之后，会产生大量的蒸馏水，然后一颗一颗地滴下来，形成'冷凝蒸馏，化气为汤'的神奇效应。用这种锅炖煮制作鸡汤，不仅能够缩短煲汤时间，还能使汤汁里的各种营养元素充分巩固，让美食更加有滋有味。所以花茂盬子鸡因肉质鲜嫩、汤醇味美、入味七分、回味三分而被大家赞赏。"

在媒体来采访他时，母先刚还最爱引用"授人以鱼不如授人以渔"的典故来介绍他的经营理念。在出售陶锅时，他一定会将制作盬子鸡的调味烹制秘方一同传授给消费者，通过提升大众口碑来建立长远利益，从而达到广而告之的效果。"正是因为把陶锅和烹饪技术一起送给顾客，所以回头客特别多。有一个贵阳的顾客回去后，又介绍七八个朋友通过网络买了我们的陶锅！"母先刚自豪地说。他还在陶艺作品上面附二维码，游客挑中产品后扫一扫即可下单，方便快捷，紧密贴合市场的发展趋势。为了进一步扩大其品牌影响力，母先刚还充分发挥现代媒体平台的传播作用，积极与中央电视台、贵州卫视、湖南卫视及新浪、腾讯等众多新媒体合作，对其陶艺及相关产业链进行宣传推广，让花茂的这种古老的土陶工艺在新技术、新媒体的助力下大放异彩。在进行充分的市场评估之后，他进一步扩大了经营规模，在贵州黔南茶博园和荔波樟江风景区等旅游业发展蓬勃的地区开设了分店。

母先才和母先刚陶艺工作室所在的花茂村白泥组，因白泥

游客在花茂村陶艺工厂内体验陶艺制作

陶土沉积丰富，村民们多用以制作日用陶瓷，历史上主要制作水缸、泡菜坛、盐罐、油瓶等生活实用产品，还曾为茅台镇的酿酒作坊制作酒瓶与酒缸。

说起花茂的制陶发展史，母先才如数家珍："我们很多花茂人家几代人就是靠土吃土，这里出产的陶土能制作出红陶、白陶等产品，产土陶的地方主要集中在白泥组、李子组、龙丰组、中心组、合丰组这几个村民组。1983年3月，花茂陶瓷厂邀请贵州省102地质勘探队对村里的白泥、中心、红岗生产队1000多亩土地进行详细勘察、科学测量和估算。专家们说，以当时的生产能力就算是开足马力进行大规模生产，这里的制陶泥料也可以用上100年还绰绰有余。据老辈人说，最早是清朝光绪年间，大概有快150年了吧，一户姓毛的人家来花茂村白泥组与合丰组交界的金竹窝起房子安居，用遍地都是的白泥巴烧造陶碗、陶盆，发展成了我们花茂村最早的陶瓷作坊。见毛家发达后，我们当地一户姓方的人家也学着开办了方家碗厂，也经营得红红火火。清朝快结束了，就是开始剪辫的时候，一个叫曹华廷的四川人来花茂沈家坳口开办陶瓷作坊，生产日用陶瓷产品，主要也是制作陶罐系列，因为改进了部分工艺，生产规模一下子就开始大了起来，上釉好、价格低，销路也广了起来。到新中国成立前，大约是一九四几年，曹家陶瓷厂大量招收花茂和附近几个村组的壮劳力当学徒工，传授陶瓷手艺，当时最多时有百十来号青年人以此谋生。我们共产党解放遵义后，国家对花茂几家陶瓷作坊搞私营工商业改造，在1956年春天的时候，国家倡导组建了花茂红陶社，由浒洋水组杨兴武、龙丰组杨浩然、李子组沈国安、桶井组王正元、白泥组曹明楷、合丰组方世云、罗实堰组胡明刚、中心组新厂共8家陶瓷作坊组成。他们用自家陶器作坊的工具、窑口、薪炭等折价入股，愿意留下来的工人交纳股金，当时有70多人交了钱，算是入了股，每个人也就是3元，厂部设在白泥组，这是当时我们这里最大的陶瓷生产企业，其他各个窑口算是分厂，仍在原来的地方生产烧造。1958年，这个陶瓷厂按上级要求转为地方国营工厂，主要为茅台酒厂生产酒瓶和大的储酒坛，现在茅台酒厂很多老坛子还是我们花茂当时专门制作的呢，结实耐用，密封性能好。1960年，这个陶瓷厂又改名叫遵义县花茂陶瓷合作工厂，由县里的工业局主管领导。1964年，花茂陶瓷厂将分散的各间分厂全部集中在金竹窝建厂，名字改叫花茂陶瓷合作工厂。70年代后，我们白泥生产队、中心生产队、沈村大队相继创办陶瓷副业厂，算是大队的'自留地'，各户农民也都能沾点光。农村体制改革后，大多数又转为个体生产，主要是为茅台酒厂、湄窖酒厂、鸭溪酒厂、金沙酒厂、董酒厂、习水酒厂这些周边的大小酒厂生产酒坛，同时也生产一部分家家都要用的日用陶瓷品。1985年前后，由于个体陶瓷作坊的大量发展，国家的厂子管理得不好，厂领导分不了多少钱，没有心思嘛，加上技术设备落后，花茂陶瓷厂就停产了，工人全部回家开办个体陶瓷作坊。当时花茂村就有个体陶瓷窑炉30多个，每间窑炉都是几个合得来的家庭联合生产。因为田里用不了那么多劳力，本来我们这里田土也不多，大家手头都需要活钱用，所以很多农户都以加工陶瓷为业，周边不少群众不会做陶，就贩运陶瓷产品到鸭溪、松林、泮水、马蹄、乐山、干溪、仁怀长岗等地的赶场（集市），摆摊批发或者零售。特别是在农闲时，大部分人家都一两人担些窑罐到周遭乡镇走村串户销售，陶瓷生产成为我们花茂人的主要经济来源和副业收入。经济体制改革后，大家经济意识进一步增强，贩运陶瓷产品的人越来越多，连枫香镇上都有人来当贩子。开始还是人背肩挑或用鸡公车（人力车）运，主要销往遵义、金沙等地。1983年后，改用拖拉机运输，销往湄潭、仁怀、金沙。到1985年，开始有人用汽车运输，运往习水、赤水、仁怀、正安、道真、湄潭、余庆、凤岗、绥阳，甚至到贵阳、六盘水等地销售。到90年代初期，陶瓷业达到兴旺时期，专职干陶瓷销售的就有不下30人，在外地开设店铺的有5人，每间店铺年均销售额差不多有10万元，按一半利润计算，也有近5万元收入，在那时这可是巨款哪。到了2000年前后，广东、江西、四川的大工厂便宜又轻薄好看的陶瓷大批量进来了，一些更加便宜、轻巧的塑料用品也普及了，而花茂的陶瓷生产工艺落后，基本没有改进，加上煤炭燃料费一直涨，生产成本增加，我们花茂的陶瓷业走入困境，陶瓷产品销售市场萎缩，仅限于本地及周边少数地区。也就是从那个时候开始大部分生产户都封窑外出打工去了，等到了 2007 年，就只有两家还在断断续续地生产，花茂的陶瓷由兴盛走向没落。时代发展就是这样，不是想拦就拦得住的。"

2014 年，为让花茂村多种经营活起来，让传统的文化遗产活起来，在枫香镇党委、政府及市县旅游、宣传部门的帮助下，花茂村抓住土坝—花茂—苟坝"四在农家·美丽乡村"市级精品示范带建设的契机，依托当地制陶产业传统基础，进一步挖掘、提炼花茂特色的土陶文化，在花茂村白泥组打造了一条集旅游休闲、陶艺展示为一体的"陶艺一条街"。这条特色小街主要分为陶艺文化创意街区、陶艺小品创意带、陶艺展示区等三个区域。游客到这儿既能够欣赏、购买土陶艺术品和实用器具，还可以亲自动手自己制作或专门定制土陶作品。这种参与式、互动式的旅游项目吸引了大量回头客，现在每年都有七八十万人次的游客到母先才、母先刚和其他土陶艺人的土陶艺术工作室和陶艺创意一条街参观、体验。

2015 年后，更加惊人的变化每天都在进行着。旅客越来越多，产品越销越快，几家陶艺工坊的工作人员都反映"人多的时候，一窑产品半天就能全部卖完。还会出现游客为争购一件产品而争吵的情况！"这些昔日的乡间土陶日用品如今都成了工艺品，大量的订单自广东、北京、黑龙江、新疆、台湾等地，甚至日本、美国、俄罗斯等国家纷至沓来。"订购数量稍大一点，就至少要提前半年预订才能接活儿。做不赢（来不及）啊！"母先才说。

但最大的变化是母先才、母先刚和花茂村的同行们都关闭了土窑，买了电窑来烧制陶艺产品。

母先才清楚地记得："习总书记到我家视察参观时反复勉励我要传承好传统手工艺，但也要保护好绿水青山，在保证传统手艺的前提下，要淘汰污染环境的传统制作方式。"所以，总书记离开花茂的第二周，母先才就订购了现代化的自动陶瓷电窑。"以前烧土窑，每窑陶瓷都有20%左右的损坏率，也可能干了几天，一个不落脚（小心），塌了窑，或是变了温，所有的辛劳全损了。现在换了电窑，不仅没有烟子了，成品率大大提高了，基本都在99%以上，所以经济效益也比以前大大提高了。"说起电窑的好处，母先才赞不绝口。

"关键是，美丽花茂来之不易，得加倍珍惜。这也是总书记的嘱托呢！"母先才认真地说。

据母先才介绍，2014年以前，他的土陶产品一年产值也就2万元左右，仅够供子女读书及日常零星开支。现在一年产值就超过60万元，"把做了四代人的土陶做成旅游产品，干一年就比前半辈子做得多、赚得多。我打算把儿子也从城里喊回来，把这门花茂人的祖传手艺世代传下去"。

但归根结底，土陶产业终究是和旅游业结合在一起的，而旅游业不管怎么发展，总会有个增长的极限。

花茂村，始终还是农村。要全面发展和振兴，还是要靠农业生产。

二十三

随着花茂新农村建设的推进和旅游业的快速开拓,村民们尝到了发展带来的甜头,所以当地各级党委、政府在花茂村开展工作都没有什么大的困难,哪怕是三更半夜临时召集开会,花茂人披着被子都会应到尽到。

但,凡事都有例外。

这个例外,就是土地问题。

因为土地的稀缺,花茂人爱土如命。

彭龙芬印象最深的"硬骨头"工作全是关于土地问题以及牵扯土地的相关工作。花茂村水田面积仅有2531亩,人均只有半亩田。这半亩田是花茂人的"命根子"。有人说"土地是财富之母,劳动是财富之父"。这话对花茂人来说更是有过之而无不及,土地不仅是花茂人的基础财富来源,更是生命与生存的基本保障所依,所谓衣食父母大抵即是如此。正是因为人多地少,2014年以前全村就有半数以上的人外出打工。花茂村人多地少,土地资源本就稀缺,加上新一轮的农房改造,家庭单位分家立户进程加快,土地面积进一步减少,土地经营规模呈现超细小化现象,土地质量也开始下降。

2014年花茂村刚开始进行"四在农家·美丽乡村"创建提档升级工作时,还有村民因为占用土地问题出现"拿起锄头要与村干部拼命"的激烈情况。

彭龙芬清楚地记得，2015年根据村里的整体规划，需要针对花茂村红岗组的土地流转推进农业综合开发项目，因此要对土地进行整治，开辟机耕道、串户路，于是，村干部们一家一户地协调做工作。"早上田间地头，晚上房间灶头，跑断了腿，磨破了嘴，反复开了14次群众会议和村民小组会议，才算做通占地群众的工作。"在进行白腊河河道美化治理工作时，另一个村民小组有一名65岁的村民，死活都不同意征占他家17平方米的土地。镇、村干部一遍又一遍上门动员，先后做了二十几次劝说工作，但他还是不肯让步，还多次"天不亮就像强盗一样到村干部家打门（用力敲门）'论理'"。最后，甚至连他在外地打工的儿子都看不下去了，主动打电话找到村干部："我个人再多加些钱，请你们以村委会的名义拿给我父亲，好让他能早点把那点土地让出来，赶快把河道治理好。"但直到2017年那位老农因车祸不幸意外去世，他都没有松口让出那一小片田土。

"真不是他蛮横不讲理，或是漫天要价，而是老人家对土地怀有深厚的感情。动土地和剜他身上的肉没有区别啊！"彭龙芬万分感慨地说。因为土地对农民具有超强的社会保障功能和心理保底功效，所以它既是农民分化流动和迁徙的基础，又是构成城乡二元经济结构、发展农村工业和小城镇的基础。农民，特别是老一代农民对土地可以说是"惜土如金，惜土如命"。

这正是传统乡土中国的核心价值所在。

但更为窘迫而无奈的现实情况是，前些年的打工潮让花茂村三分之二的青壮年劳力都外出务工了，花茂村成为远近闻名的空壳村，土地种植效益进一步下降了，土地的产出基本就是老年人种些口粮罢了。农村土地的福利性功能日渐式微，但其财产性和资本功能却在逐步增强。虽然家庭联产承包责任制保证了土地资源配置的公平公正性，让农民户户有田种，人人有饭吃，在一定时期内有效维护了农村的稳定，但农户经营规模太小、太细碎，无法实现经济效用的最大化、最优化。

"不能指望所有人都能通过乡村旅游和传统的手工陶瓷业发家致富，向土地要效益是花茂村脱贫增收的根本之道。""要让村子留住人、留住财，就得有自己的产业。要有产业就得让土地规模经营。""在商言商，在农言农，没有农业支撑的农村，最终发展的后劲还是不足的。花茂村也是一样，所以我们镇党委、镇政府从一开始建设新花茂时就谋划将农业作为另一支柱产业来发展。"已是枫香镇副镇长的潘克刚说。但怎么扶持和发展农业，却是一个不小的难题。靠用传统的小农经营方式在零星破碎的土地上种点油菜、水稻、苞谷等农作物显然是行不通的。

花茂村的农业发展问题和全中国一样，是由于目前已经进入了一个新的历史阶段，农业的主要矛盾由粮食总量不足转变为结构性矛盾，而且矛盾的主要方面在于时下的一个热词——供给侧。花茂村田地所产出的农产品如水稻、玉米、油菜等供给总量不算少，但因为滥用化肥、农药致使质量不高，没有优质且有品牌效应的农产品,这与城乡居民消费结构快速升级的要求不相适应。花茂村村两委非常清楚,要想解决这一问题就要大力推进农业产品结构、产业结构的优化升级。必须把增加优质绿色特色农产品供给放在突出的位置,抓好农产品标准化生产和品牌建设。要根据村里实际情况优化农业产业体系、生产体系、经营体系,从整体上提高农业供给体系的质量和效率,通过结构调整、方式转变、动能转换、绿色发展,实现农业转型升级。要达到这一变革目的,就必须让农业龙头企业进村,带领村民闯市场。彭龙芬和潘克刚及镇长帅波一直反复向村民输灌"厚土深植方能花繁叶茂"的理念,告诉他们要有回归和规模经营土地的理念才能进一步发展。

王治丰很坦诚地对我们说:"其实大家也都明白,过去最好的年景,刨丢(去)种子、农药、化肥这些投入,一家人辛苦一年,每亩田土最后也只能落个百把元,弄不好还要赔钱在里边。丢荒了可惜,但没有足够的劳动力,只靠老人和孩子们广种薄收,靠天吃饭,按老样子发展又见不到个希望,这样下去显然已经无法适应新形势的发展需求啦。但怎么办?留在村里的老的、小的也想不出个门道来!"

为解决王治丰等老一代留守农民的困惑,花茂村党总支与村委会首先提出了以土地流转为抓手,着力挖掘农业的多功能性,充分彰显农业的生态文明价值、农村的乡土文化蕴含等,切实扬农业农村之长,活化农村资源要素价值,延长产业链、打造价值链,让休闲农业和乡村旅游成为带动农民增收致富的新亮点，成为城镇居民休憩的新去处，成为传承农耕文明的新载体。同时大力推进花茂的农业供给侧结构性改革，集中整合散落在农户手上的零星土地，引进先进的现代化农业设施，让农业产业渐进发展、融合发展，以颠覆传统的方式实现新跨越。通过农旅文商融合、三大产业融合、产业与生态融合、人与自然融合，努力建设现代化的农业园区，并通过农旅文商一体化示范、现代山地高效农业示范、农业产业化示范、生态农业公园示范，把当地农民变成新型农民、产业工人、园区主人，从而助推花茂村精准脱贫与率先小康齐步走。使农村变成旅游景区、农业公园，使荒山变成花果山、绿水青山变成金山银山，既解决精准扶贫问题，又解决同步小康问题，而且不让一个农民在全面小康中掉队。这其中最关键的是让花茂村的农业升级换代，把农民转变为工人、商人，流转分散经营的土地，开展企业化经营的农业产业模式，把土地转变为股权、股金，为今后花茂村可持续发展奠定基础。

花茂村地处重庆、贵阳、遵义之间，交通较为方便，属于黔北地区相对平坦的坝区，又处于亚热带季风气候区，境内冬无严寒，夏无酷暑，气候温和，四季分明，非常适宜种植蔬菜，集中发展蔬菜种植业是比较理想的。

但土地是花茂人可以为之拼命的"底线"，老百姓能同意吗？

首先有疑虑，不大赞同的竟然是老支书王治丰。

不是他不顾大局，不识大体，不支持村里工作，原因是

"怕了"。

"前些年，遵义市一家很有名气的中成药品生产企业为了延伸他们的产业链，通过上级部门的介绍，来到我们花茂村说动部分村民流转了800多亩土地，用中成药品加工后的残渣作为基肥发酵种蔬菜，但他们没有专业的农业技术人才，经营效果十分不理想。只是简单地建了一些大棚，随便种了青椒、白菜什么的，多数土地处于瘫痪状态。后来村里找他们要求交回流转闲置的土地，但那家公司不肯交还，最后我们找了律师，通过司法途径追回了土地，这让王治丰同志和其他老百姓意见很大。当时那家企业也一直没付租金，也不愿意付，因为企业经营不善，没有钱了，它的其他产业，包括药业公司，基本垮台了。但是，它又不愿归还我们的土地，我打电话给该药业公司的老总，约了他多次过来谈谈，电话打了无数，包括发的短信，多到实在记不清了。好不容易堵到他来谈的时候，他说租金会给老百姓的。我说租金只是最基本的，但你的企业在我们这里影响了我们的发展，我们老百姓没有就业的地方，也没有经济收入。他一拖再拖，最后没办法，我们就开始走司法程序，最终法院判下来该药业公司归还我们的土地，又因该企业在我们的土地里面丢了很多砖头、石头，老百姓无法复垦（耕种），所以被判赔偿了我们6万元钱，并如数归还了800多亩田土。"回忆起当时追要土地的艰难，潘克刚仍一脸的苦楚，"这比在城里打工的农民工讨薪还难哪！"

正是因为如此，王治丰才不无担忧地说："一朝被蛇咬，十年怕井绳啊！上次好不容易收回那800亩田，一是各家一分钱流转的租金都没到手；二是原来村里讲好了，土地流转之后解决老百姓的就业问题，也没有兑现；三是收回的土地里面有很多砖头、石头、水泥渣，老百姓缺少劳动力没办法复垦哪。你说再像这样搞不好，村民经济要受损害，党和政府的形象都要受损害的。"

同时，村委会内部对土地流转这个事情也有不同的声音和意见。

刚开始谈的时候，花茂村的村干部们意见都不统一。

大家都说，如果把土地全部流转过来，或者拿给一家公司，如果再发生原来那家公司的类似问题，我们怎么面对老百姓？另外，我们把土地全部流转过来之后，用合作社的方式发展，谁懂？搞砸了谁负责？

彭龙芬说："最开始讨论了几次，怎么都统一不了意见，定不下来。"

"同时，村里组织干部们分头到各村民组去深入征求意见，经过到各村民小组摸底调查，大约有80%的农户不愿拿出土地去流转，这其中还有一些党员和村民小组干部。村里还有很多五十几岁、六十几岁的村民，他们活路（农活）还是做得了的，城里人是60岁就退休了，但我们农村人不可能55岁、60岁就不干活了，只要干得动，都还愿意下地干活，哪怕是快80岁的老人，只要没病，都会下田做些力所能及的活路的。他们很多人一辈子都在田地里找饭吃，都还是觉得在田里踏实点。所以说，土地流转出去他们还是有些顾虑的，这也是没办法的事情，毕竟这是涉及农民命根子的大事。我们反复召开了六七次村民小组会，工作就是做不通。"具体抓土地流转工作的村委会副主任王野，回想起当初做农民工作时的困难还是一脸的苦涩。

王野是花茂本村人，1995年参军入伍，在部队学了不少技能，也懂得管理，1998年退伍后就留在城市打工，在企业已经做到管理岗位。因为这里的年轻人在外面打工的多，他们也经常交流，都觉得还是在外面赚的钱多，都不愿意在家里做农业，当"农老二"，因为做"农老二"管个嘴巴还可以，但养活一家人，难！如小孩上学，老人看病，娶媳妇，建房子方方面面要花钱，再说年轻人要追求更好的生活，靠田里找的那点钱，是不可能得到满足的。前些年镇长和几任村支书、村委会主任都找过王野，动员他回村里面工作，但他嫌弃村里一千多块钱的工资太少，便一一婉言谢绝。2013年王野在家建房子，一位和他关系要好的村干部跟他说："你现在又出不了门，家里头老的老了，小的还小，总得有个固定收入。我们都是本地人，为了把我们这个地方搞得更好，你就干吧，反正不出门，管他的，干几个月再说，到时候你不愿意干了，你可以退出。"就这样，在当年7月份，王野通过枫香镇政府招聘考试来到村里工作，负责村里的农业园区日常服务管理，主要是土地流转、土地矛盾纠纷之类的事务，这一干就是两年多，他管理能力比较强，思想活跃，村民和投资商对他都很满意，2016

年王野被选为村委会副主任。

"大家的思想工作暂时都有困难，我们村两委主要负责人就想着先从村干部入手开始做工作，通过让村干部'开眼界，换脑筋'来带动村民自主、自觉、自愿地流转土地，发展现代农业。因为村里基础条件不是太好，发展其他工业项目确实也不太现实。所以，村两委最后决定，不论多困难，还是要做好土地文章，土地还是要集约使用、产业化发展。如果让老百姓自由发展，村里的经济收入提不上来，老百姓今年穷，明年会更穷。但如果土地流转后还是发展不起来，真要亏了本，我们商量着就每名村干部自己斗（凑）钱给农户一个交代。"王野颇为悲壮地向我们描述当时的情况。

说教一百遍，不如现场见。

2014年一开年，王野和村两委的其他干部及镇里相关部门的负责人一道，悄悄地到贵州省毕节七星关区实地参观朱昌现代高效山地农业产业示范园区。

这个地处乌蒙山深处的现代高效山地农业产业示范园区由山东省寿光九丰农业科技有限公司负责投资建设，5年前他们流转当地零碎土地1.1万亩，种植了上百种高附加值的蔬菜、水果、药材等农作物，成功实现了"园区景区化，农旅一体化"。当花茂村的村干部们看到上百名和他们一样的农民穿着整洁统一的工装，在智能温室、生态餐厅和生产大棚里穿梭忙碌的情景，了解到以原来"不产钱"的土地入股园区，不仅可以固定分红得钱，还能按月领取2000多元工资的情况后，他们瞬间全部都"想通了,想学了,想做了"。

村干部想通了,并不代表那些世代视土如命的村民也都能想通、想学、想做。

王野至今清楚地记得,2014年3月16日那场花茂村土地流转工作群众动员会上的争吵与质疑。

听说村里下决心实行土地流转,让农业龙头企业进村并田整地,127名到会的村民代表几乎一边倒地否决和表示不能理解,甚至觉得此举是不能原谅的"卖地求荣"之举。

"你们这些领导找外省人来随随便便种个菜就算是实现农业现代化了吗?你说我们花茂村祖祖辈辈谁个没有种过蔬菜?哪家不都是种了几百年了,他们还能搞出什么长生不老的金果仙菜?"

"咱花茂就这点田土,家口(人口)越来越多,再过些年自己挖土吃都不够了,咋还能转给外地人?"

"土地是我们的命根子,绝不能再拿给那些外地人、城里人来糟践啦!"

"想让外人进村占用我们的田土,没门……"

"那些老板要是做亏了,跑了,可咋办?"

"如果你在这里建个工厂可以,但如果你在这里搞农业合作,我们不同意!好不容易把地分了,又何必大家再次一起搞?吃公社大锅饭吗?那不是又要饿饭吗?"

"我们种的蔬菜已经够好了,产量已经够高了。就是让美国人、外星人来种也不见得就能比我们种得好!"

....

第一次群众动员会就这么无果而终。

这也不能全怪村民，土地流转问题在法律上一直没有明确规范。而法律意识，却已经在村民们意识深处扎了根。

中央早在1984年出台的《中共中央关于一九八四年农村工作的通知》中就提出了"鼓励土地逐步向种田能手集中。社员在承包期内，因无力耕种或转营他业而要求不包或少包土地的，可以将土地交给集体统一安排，也可以经集体同意，由社员自找对象协商转包，但不能擅自改变向集体承包合同的内容"。1985年中央根据当时部分农村实际运行情况，又适时出台了《中共中央、国务院关于进一步活跃农村经济的十项政策》，颇有战略远见地提出部分农村合作经济社采用的"合股经营、股金分红"的经营方法，能较快地建立起新的经营规模、积累共有的财产，值得提倡。1988年的《中华人民共和国宪法修正案》及同年修订的《中华人民共和国土地管理法》首次明确了"土地的使用权可以依照法律的规定转让""国有土地和集体所有土地使用权可以依法转让"，但这主要是指工业和商业用地，和农业基本无关。中央最早是在2001年3月15日的九届全国人大四次会议上通过的《中华人民共和国国民经济和社会发展第十个五年计划纲要》首次提出要在长期稳定土地承包关系的基础上，鼓励有条件的地区积极探索土地经营权流转制度改革。同年12月30日，中央又接着发布了《中共中央关于做好农户承包地使用权流转工作的通知》，文件要求"农户承包地使用权流转要在长期稳定家庭承包经营制度的前提下进行""农户承包地使用权流转必须坚持依法、自愿、有偿的原则"。

政策归政策,但并无专门的"定心丸"能让农民吃下,他们心里始终是摇摆不定的。这些表述虽然都从政策层面及部分法律层面为农村土地流转提供了依据,但因当时宣传不够,广大农民,特别是经济欠发达、文化程度严重偏低的中西部农民对这些政策法规几无知解。

近40年前,土地包产到户让农民有田种,花茂农民从"荒茅田"里获得新生,花茂村从濒临崩溃边缘获得的"救命田"如今却要通过流转集中起来给"外人"使用,村民们一下子还真难以转过弯来。

彭龙芬等村干部们连夜将动员会情况向镇长帅波汇报。

帅波沉默了半天就说了两个字:"再去!"

"再去!"是指再去一趟毕节七星关区朱昌现代高效山地农业产业示范园区。

于是村里又包了两台大巴车,组织了包括王治丰在内的十几名村民代表再赴七星关。

路上,王野绘声绘色地向王治丰他们讲起毕节七星关区朱昌现代高效山地农业产业示范园区内的"神话"。

"南瓜都能长到600斤,黄瓜有胳膊长,这是流转土地给现代化农业公司带来的奇迹。"车里马上就如同炸开了锅,一些村民嘲笑说:"你带老子去看嘛,老子要是看不到几百斤的南瓜，转来老子就要日掘（骂）你哦。""老子就不相信，有五六百斤的南瓜，乱球吹。"

嘲笑归嘲笑，骂归骂，等到了九丰公司农业产业示范园区，大家都傻愣了。

"比胳膊都长的黄瓜，比拳头都大的西红柿，600多斤的南瓜，满棚红艳艳的草莓，黄澄澄的枇杷，各种好看的兰花、灵芝，把我们都惊住了，不敢相信哪！"王治丰说，"在九丰公司农业产业示范园区的玻璃温室内第一眼就看见了那些超级大南瓜，我还是不相信，我就去找那个南瓜把把，就是南瓜的蒂，我就想确定一下这个是不是真的南瓜，是不是长在藤上的，还真是。服了，要不是亲眼看见，亲手摸到，还真不敢相信！"

更让王治丰他们不敢相信的是，他们几乎都悄悄拉住过在园区内参加土地流转的"工人"问："真的有分红，还发工资吗？"他们得到的回答是一致的："半点不假，是真的。"

在那个玻璃大棚里，还有好多叫不出个名来的瓜果，长得红红绿绿、黄黄紫紫、满满当当的，当了一辈子农民，大家都没见过这样的场景，这回算是开了眼界，大家这才知道原来自己以前种的都是"歪瓜裂枣"，他们确实种得好，他们真有这个技术。在吃饭的时候，王野就问："我没有骗你们吧？"村民代表们异口同声地说："没有骗，他们的技术，比我们不知道好几十倍、几百倍。"

回到花茂村，再次召开村民大会，不到10分钟，参会的村民代表一致鼓掌通过了土地流转决议。

村民们没有多余的话了，直接在现场签订土地流转合同，都说把土地交给这样的公司，放心！

"最开始村民不放心，也是可以理解的，他们是这么想的：我把土地拿出来，你搞砸了，我去哪里务工？土地是村里负责流转的，他们可以找村里要，但是你企业搞砸了，我去哪里找活路，还是找不到钱啊。所以，这些农民心里的账是算得很清楚的。"王野说。

怕大家仍有不放心的地方，彭龙芬和王野当场给大家吃"定心丸"："田地流转的报酬有两种模式，一种是按亩分钱，每亩每年700元钱，以后每年增加3%；另一种是每亩每年500斤谷子。如果公司搞砸了，或者是跑了，大家就去我们村干部家的田里割。"为了转变群众思想，让村民安心，彭龙芬"押"上了家里仅有的两亩稻田。

第一批312亩土地由此成功流转。

2014年8月，山东省寿光九丰农业科技有限公司正式进驻花茂。

九丰公司也确实看好花茂村的发展潜力，先后投资2.6亿元建设蔬菜现代高效农业园区，实现了当月考察洽谈、当月签订协议、当月动工建设、当年建成试产，当年也实现了在花茂的土地上种出五六百斤的南瓜的"神话"。彭龙芬说："有了技术，看样子一个南瓜种到1000斤也是有可能的。从育苗到栽种再到日常管理，全用现代的管理办法，用科学的方法控制好温度、湿度、水肥，长得最快的那几天，每天能长20斤哩！"

目前，这家农业产业龙头公司已建成智能温控大棚1.3万平方米，联动生产温室15万平方米，同时还配套建成了培训中心、深加工车间、生态餐厅、智能化育苗中心等设施。2015年习近平总书记考察了花茂蔬菜现代高效农业园区的智能温控大棚，当听说这家现代高效农业园区采取"公司+专业合作社+农户"方式，通过土地入股、平时务工、年终分红等方式带动农民脱贫致富时，总书记对此十分肯定，并对企业负责人说："我到这里来，主要就是看中你们对农民的带动作用。"

"按照总书记的指示，我们现在的想法就是专心致志地培训农民，让他们懂得如何种无公害蔬菜。今后他们也能自己合作发展，我们大家一起共同把花茂村的无公害蔬菜做成辐射贵州、重庆两地的知名品牌。"九丰农业科技有限公司总经理苏培军说。就这样，村里第一批146位常年在外打工的"农民工人"转身成为在家就业的"农业工人"，这一字之变，包含了几多辛酸。

村民王茂巧原来在浙江、广东等地的制衣厂、五金厂打工，家里老人、孩子都照顾不上，如今在农业产业园区当农业工人，每年收入都有近3万元。"除去吃住、往返车费，在家打工比在外打工也少不了几百元钱。现在主要是能照顾老人，看管孩子，孩子们不用再当可怜的留守儿童了。"

据花茂小学总务处主任张树学介绍，原来花茂村留守儿童常年在 80 名左右，现在只有 12 名了。

花茂村九子组的牟德蓉，1981 年出生，18 岁高中一毕业就到深圳、珠海、东莞谋生活，先后在制鞋厂、塑料厂、纺织厂、电子厂打工，家里留下两个孩子由婆婆一个老人家带着。由于长期缺少父爱和母爱，两个孩子都比较叛逆，"老人家能做的就是管吃饱、管穿好，思想上和现在的孩子们不在一条路上，根本就管不了，争吵闹别扭几乎每周都要来上几次，经常是一会婆婆打电话来哭，刚放下电话，孩子又打来，还是哭。他们在电话那头哭，我在电话这头哭。除了话费，都不知道给移动公司交了多少'哭费'。当时也想着回来，可回来一家人的开销就没着落了呀！后来九丰公司一开工，我们就马上回来了。能管孩子，又能保证有开销（收入），还不用操太多心，不需要什么种子费、肥料钱，也不需要犁田耕地，天晴下雨我都有这个固定收入。你（公司）开我 80 元一天、70 元一天，哪怕是 60 元一天，也还是旱涝保收的。土地租金一亩地可得 700 元，我还（能）得务工费，一年算下来，平均一亩地的'产出'怎么都有一万元的收入了。"如今，牟德蓉已成为公司的业务骨干，除了负责卖门票、讲解外，还负责出售特色农产品以及一个大棚的种植管理工作。"土地流转不仅转了我家的财运，也转变了我和一家人的命运！"牟德蓉动情地告诉我们。

刘跃勋家 3 亩田也都流转给了九丰公司，剩下 5 亩山坡地种了苞谷，全部都作为家畜饲料用。他每年养 2 头小牛犊、4

花茂村现代农业观光区

头猪崽,年初百十斤买来,年底300多斤卖出去。他得意地伸出手指说:卖猪牛可以得一万七八,土地流转2000多元,在家门口附近打工做活路也能有个3万元的样子,一年下来5万元还是能轻松到手的。刘跃勋认为,这个土地流转其实是一种生产方式的转变,也是一种思想的转变。"就好比以前我们花茂人种水稻栽秧,都是直接撒到田里面,一家人种地需要10斤种子。后来到90年代初的时候,有一个叫王治德的村民,他就用木盘盘育秧,长起来之后再移栽到田里。当时就有很多村民笑话他傻,说他简单的不做去搞复杂的,结果到收谷子的时候,他收的谷子还比别人家的多,用的种子还少,后来大家都跟着他一样种了。这就是思想转变的好处哇!"

眼界开了,观念变了。

在村民们的大力支持下,花茂村又引进燎原、赢实等3家现代农业企业,陆续顺利流转土地1800亩建设蔬菜示范基地,2000多亩山坡旱地发展经果林等现代山地高效农业项目。目前,全村90%的土地都租给村委会了,村委会再转租给一些现代农业企业和种植大户,这些企业和大户又为农户提供了近1000个就业岗位,这种"公司+基地+专业合作社+村委会+农户"的模式,由村委会"一事一议"拉出负面清单审核,探索土地入股、平时务工、年终分红机制,用市场办法推进产业化社会化扶贫,突出市场导向,强化产销对接,推动利益共享,依托龙头企业和农民合作社,打造产加销一体化扶贫产业体系,做大产业、建强品牌,带动群众脱贫致富,既解决精准扶贫问题，又解决率先小康问题。

2016年8月24日，经过反复酝酿和规划，花茂村自己也成立了一家名为绿动九丰的专业合作社。合作社采用"村社合一"的办法运营，构建"村党总支、企业、合作社、专业人才村民"的利益链接机制，村总支、企业、村民三位一体共建共管，村民以资金或土地入股分红，合作社提供新技术、新品种，采用九丰公司的有机蔬菜种植技术，尝试种植了350亩西红柿、黄瓜、丝瓜等蔬菜，并获得了大丰收。村里的种植大户王文宽和枫香镇政府农办的兰荣鸿当上了负责人，根据先前的成功试水，这个"自家"的合作社又扩建了种植大棚200余亩，固定用工人数在50人左右，每人月薪2000多元，合作社成了花茂村人就业的新平台。在蔬菜大棚旁，王文宽难掩笑意："从前咱们这里都看天吃饭，一家人再精心打理，一亩地也就产三四千斤黄瓜，如今引入新技术，一亩地产12 000多斤没有问题，另外关键是菜的品质还非常好，口感也好。现在连周围村子的农民都到我们合作社来购买优质菜苗了。"育苗技术日渐成熟的花茂村，已经开始向周边村镇和相邻省份输出蔬菜苗。

在合作社办公室打开可视化质量追溯系统，屏幕上显示出实时的蔬菜生长画面。技术员何万明告诉我们，合作社的蔬菜基地专门用来种植高品质的绿色蔬菜，亩产值最高可达3万元。

这些昔日为了维持生活背井离乡的农民工，如今终于能在新农村建设与扶贫开发的同步推进中返回故土,开创另一番新天地,不用再为思念亲人而日夜不安;那些留守妇女终于有了在家门口挣钱的新门路,既赚钱又顾家;那些昔日因为贫穷而斤斤计较争吵不休的乡亲现在也都是满面笑容和和气气。

农民有稳定的收入,思想就大为转变、更加解放,发展的意识更强。思想一活,什么都活了。

在广东、浙江等地打工十多年,现在回到村里务工的村民白琴琴说:"原来在广东的五金厂做工,每天工作十几个小时,一个月也就赚1000多块钱。因为两孩子在花茂,每年都要跑回来两三次,路费一除,剩不了几个钱儿。苦和累不说,关键是在流水线上工作,也学不到啥技术,就是拼体力,熬青春。我2016年回来后,在村里的农业公司已经学会了40余种农作物种植技术,成了专业技术人员。每天7点上班,工作8个多小时,一天能赚80元,每个月做满28天,还有260元的全勤奖励。冬天活儿少的时候,几个姐妹轮流上班。现在正打算和姐妹们也成立合作社,自己当老板,自己干事业。"

这两年,花茂村农民回乡就业创业的已有200余人。

村民沈仕勇领办的300多亩基地种出的绿色有机蔬菜供不应求;王加文领办的鸭枫合作社在200多亩田里实施烟、稻、鱼、鸭循环农业,利润可观;红枫盛源合作社在林下养乌骨鸡、珍珠鸡,种植中药材,让荒坡成了宝地。养牛大户周正强说:"以前为了多赚点钱,把小孩托付给邻居照看,现在回想起都感到心酸。这两年家乡环境有了很大改变,回乡创业也能挣到钱，通过养牛现在日子一天天好起来，最大的幸福莫过于一家人在一起。"

现在，花茂村这些返乡的农民工人又都有了一个新名字——农业工人。

花茂村还通过招商引资，推动绿色蔬菜、精品水果、花卉苗木、林下种养等一系列产业发展，促进传统农业向现代农业转型。"大数据＋农业"成了花茂和贵州现代山地特色高效农业的重要技术支撑，有效降低了人力资源成本，扩大了生产规模，增加了农业产业链价值，提升了农产品市场竞争力，促进了绿色发展，实现了农业现代化。

现代农业思维日渐深入人心。村子周围原来是长满杂木林和茅草丛的荒山，以前因为人多田少，花茂人就在山上毁林开荒，把山林草坡毁掉变成耕地后，种些传统的玉米、大豆、烤烟什么的，投入不少，收益不高。土地流转后，在林业部门的帮扶下，全村5400多亩山坡地全部种植中晚熟的脆红李、金秋梨、花椒等，实现了荒山变青山、青山变金山，农民的收入也得到大幅提升。花茂村农产品品种大批更新，种植技术也全面更新。原来村里的农民普遍使用大量的化肥农药，现在基本都能做到不施化肥农药，而是改用有机肥，冬天到邻近乡镇去收猪粪牛粪，发酵后撒到土里，肥力强，无公害，也有助于松软土壤。"所以我们种出来的米质量比较好，在遵义、贵阳、重庆市场上都很抢手。虽然原来一亩地能收一千多斤，现在只收五六百斤，但原来的大米卖两块钱一斤，现在几乎能卖十几块一斤。投入比原来少,收入比原来高出五六倍之多。"王野得意地说。

种了一辈子田,现在终于可以靠田地赚钱致富了。这是几代花茂农民所不能,也不敢想象的。

"土地流转政策是一个了不起的创造,是又一次'土地革命'啊!"这是王治丰现在经常挂在嘴边的一句话。

"我活了七十多年,亲身经历了花茂村轰轰烈烈的三次土地革命,见证了咱们国家农民和农村发展的起起伏伏。这中间虽然也走过岔路,受过大灾难,吃过大苦辣,但真是一次比一次好,得的实利(惠)一次比一次多。我没读过啥书,但从老辈人的代代传说中能体会到,我是赶上了一个好时代,一个新时代!活这一世,值了!"王治丰万分感慨地对我们说。

诚如王治丰这样的历史见证者所言,中国农民的这三次土地革命,是中国共产党领导农民闹革命、搞建设、兴改革的重要成功经验,是带领农民解决生存、解决温饱、解决富裕问题的伟大实践。特别是这第三次土地革命,推动了中国农村与农业走向现代化之路,开启了中国农业强、农村美、农民富的新时代。

在这个伟大的新时代,短短几年时间,通过一系列精准脱贫策略,花茂村 2012 年人均收入 6478 元;2013 年 8648 元;2014 年 10 948 元;2015 年 12 607 元;2016 年 14 119 元;2017 年 15 684 元;2018 年 17 456 元。2019 年,花茂村农民人均收入突破 20 000 元。全村最后 48 名因残、因病、因孤致贫的贫困人口，在2019年也都通过兜底保障政策等全部实现脱贫。

彭龙芬在回复给我们的一封电子邮件中总结说："在新时期，新时代，我们花茂村土地流转，集约使用，大力发展现代高效农业，严格遵照习近平总书记提出的'现阶段深化农村土地制度改革，要更多考虑推进中国农业现代化问题，既要解决好农业问题，也要解决好农民问题，走出一条中国特色农业现代化道路''要加强引导，不损害农民权益，不改变土地用途，不破坏农业综合生产能力。要尊重农民意愿，坚持依法自愿有偿流转土地经营权，不能搞强迫命令，不能搞行政瞎指挥''现代高效农业是农民致富的好路子。要沿着这个路子走下去，让农业经营有效益，让农业成为有奔头的产业。要更加重视促进农民增收，让广大农民都过上幸福美满的好日子，一个都不能少，一户都不能落'的指示精神，扎实、精准地进行操作，没有出现坑农、损农的情况，也没有农民群众上访、闹事现象。做到了习近平总书记在考察花茂村时提出的'村党支部、村委会和村干部心往一处想、劲往一处使、汗往一处流，共同把乡亲们的事情办好'的要求。让花茂这个昔日的荒茅田变成农民富裕，看得见山，望得见水，记得住乡愁的美丽乡村。"

如今，大山深处的花茂村天更蓝，水更清，土地更肥沃，农民更富有。昔日仅能够得上温饱的农民，在世代生养自己的这片土地上，通过党和政府帮扶，通过自己勤劳的双手，实现了上百代人都不敢想象的梦想——小康之梦。

这是花茂村人的梦，是中国农民的梦，也是中国的梦。

站在 2020 年这个中国农村脱贫攻坚工作的历史节点上，彭龙芬在向大家展望未来时说："花茂村目前已全员消除了绝对贫困问题，下一步我们将进一步加大产业带动，当好乡村脱贫振兴'领路者'。按照习近平总书记提出的'发展产业是实现脱贫的根本之策'要求，突出发挥党组织和党员干部在乡村振兴中的示范带动作用，做给农民看、带着农民干、帮着农民销、领着农民赚，推动花茂村实现'村有主导产业、户有增收门路、人有致富技能'。继续引领传统产业提质增效，将农村产业结构调整作为农民增收致富的根本途径。保持特色旅游平稳发展，依托红色文化、乡愁文化、农耕文化、土陶文化等，实现旅游综合收入不断上升，带动托底保障农户使每户都有人从事旅游服务业。进一步推进农特产品市场化。以提升质量效益为中心，突出品牌创建，通过农超、农企对接，提高农特产品市场占有率。同时要继续改善民生，打牢乡村振兴'奠基石'，按照总书记'绿水青山就是金山银山''保障和改善民生没有终点'的要求，充分发挥党组织统筹协调作用，聚焦'两不愁三保障'，紧盯民生工程，稳步改善人民生活，不断提高农村美好生活保障水平，让所有花茂群众有更多实实在在的获得感、幸福感、安全感。"

二十四

"无论什么情况，不管多大的困难，我们都要努力为了圆花茂村父老乡亲的致富梦、小康梦而拼搏。要确保并稳住来之不易的脱贫攻坚成果，我们要付出更多、更大的努力。疫情之下我们更要千方百计地搞好农业生产，解决村民的就业和增收问题。"2020年4月16日，彭龙芬一边忙着在村口和村防疫工作人员一起对过往车辆人员进行体温测试，一边斩钉截铁对我们说，"现在花茂村各个合作社、农户都自觉遵守防疫工作要求，不走亲戚不串门，集中精力抓生产。我们村两委认真落实责任包保制度，以防疫与春耕两不误的工作思路，通过'支部+党员''支部+网格长''支部+群众''3+'模式，充分发挥基层党组织的战斗堡垒作用和广大党员干部的先锋模范作用，发动志愿服务队逐户做好疫情防控与备春耕的宣传，动员群众在抓好农业生产的同时，做好防护措施，保障自身安全。带领全村上下做到疫情防控与农业农村工作'两手抓、两不误、两推进'。当前正值春耕备耕时期，也是疫情防控的特殊时期，我们认真学习贯彻落实习近平总书记重要指示精神，在严防死守的基础上，统筹抓好春耕生产工作，积极组织、广泛动员农村群众投身春耕生产，帮助村民不误农时，全力恢复正常生产生活，为农民增产增收打下基础。"

因为疫情的影响，被金灿灿的油菜花铺满的花茂村少了往年熙熙攘攘的观光客，但村子并不显得冷清寥落。各式耕种机具在田野中轰鸣，一座座蔬菜、草莓大棚里随处可见戴着口罩忙碌的农民，到处是一派繁忙的春耕景象。一筐筐红艳艳的草莓被整齐地码放在路边等待起运，一辆辆运送刚采获的新鲜蔬菜的货车在路上奔驰，疫情并没有吓倒谋富裕、求发展的花茂人。

"不能辜负习近平总书记的重托啊！总书记来我们花茂村视察的时候就对大家说'我们的第一个百年目标是到2020年全面建成小康，没有农民的小康就不是全面小康。'今年就要实现总书记说的全面小康了，在这个时候，我们更不能让任何一个花茂农民在全面小康的道路上掉队。这是我们的初心，也是我们的使命！"站在浩荡的春风里，彭龙芬目光坚毅地说。

花茂的笑脸

花茂村扶贫大事记

（2001—2020年）

花茂村现近扶贫工作从人畜饮水工程建设开始，总投资40万元，由枫香镇水利站组织实施。取水点在苟坝村，2001年2月开始供水。

2002年，县水利局拨款20万元，对村水库大坝进行保险加固。

2002年5月，县交通部门拨款155万元，改造枫花公路。

2003年5月开始，花茂村以白泥组为试点，尝试开展富在农家、学在农家、乐在农家、美在农家的"四在农家"创建活动，人居环境开始得到改善。

2003年12月，开始着手实施农村税费改革，取消农民上交的"三提五统"。

2004年1月，建立花茂村新型农村合作医疗卫生室2处。

2005年1月，在县交通局的帮助下新建枫纸公路。

2006年2月，推行多点接种工作，境内建立健全预防接种网络。

2006年7月,花茂村道路两旁开始安装清洁省电的太阳能路灯,截至目前共安装太阳能路灯370余盏。

2006年8月,以中央文明办资助的书籍为基础,在花茂村建立村级图书馆,有馆藏图书2900余册。

2007年2月,枫香镇政府所在地至花茂光纤接通。

2007年6月,在枫香镇政府的支助下,花茂村推广创建黔北风格民居改造工程。

2008年4月,村民牟光永在政府和金融部门支持与帮扶下创办花茂水泥砖厂,开始吸纳村民就地就业。

2009年4月,花茂村开始对村庄内部道路进行硬化、美化。

2010年2月,开始重建花茂村小学教学楼,2011年9月竣工。

2010年4月,鸭枫烤烟合作社成立。

2011年4月,花茂村投资300万元创办小松水泥砖厂,厂年生产能力达到500万块水泥砖。

2013年8月,县教育局拨款160万元,修建砖混结构的公租房1幢,建筑面积1400平方米。2014年12月,县教育局拨款65万元,修建塑胶球场1个,面积1580平方米。随着"两基"工作的落实和"四在农家"新农村建设的开展,花茂村教育事业大力发展,2000年至2010年有86人考入大学,2010年至2017年有154人考入大学。

2014年7月,花茂土陶制作技艺被列入遵义市非物质文化遗产名录。同时花茂村开始打造白泥陶艺文化创意一条街。

2014年，花茂村土地开始实施有序流转，发展现代农业。2014年8月，引进山东省寿光市九丰公司，先后投资2.6亿元建设花茂蔬菜现代高效农业园区。

2014年9月，部分外出务工妇女开始陆续返回花茂，在农业园区打工就业。

2014年，花茂村加快农村污染治理，在环保、交通、林业、水利、建设等部门支持指导下，全面推行垃圾就地分类，开展村庄垃圾处理和水源污染治理，彻底解决农村生活垃圾收集、处理难的问题。

2015年1月5日，中央电视台"心连心"艺术团到花茂村慰问演出。

2015年2月，全村以实施农业"321"工程（将土地亩产值和户均畜牧渔业效益梯次提高到3万元、2万元、1万元）为抓手，加速土地流转，建提子基地300亩、蔬菜基地400亩，推进产业升级，做到农旅文商结合，促进全村产业转型升级，推动全村旅游业发展。

2015年3月，引进贵州顺然生态农业开发有限公司建设顺然农场大健康养生产业园，总投资4000多万元，占地1200余亩，成为当时遵义最大的综合性产业有机农场。

2015年6月16日下午，中共中央总书记、国家主席、中央军委主席习近平视察花茂村，对花茂村近年来的发展给予充分肯定。

2015年7月，按照习近平总书记的关心与指示，村内陶瓷生产企业在几家银行的支持下，开始更新更加环保的生产、炼制设备。

2016年1月，花茂村被授予"2015最美红村"称号。

2016年7月，中共中央授予花茂村党总支"全国先进基层党组织"荣誉称号。

2016年10月，农业部授予花茂村"中国美丽休闲乡村"称号。

2016年12月，贵州省同步小康创建最佳示范县乡村推选委员会授予花茂村"贵州省同步小康创建最佳示范村"称号。

2017年1月，建设湿地驿站，占地32亩，总投资3000万元。

2017年3月，国务院授予花茂村"创建无邪教示范村"荣誉称号。

2017年4月，花茂村党总支书记潘克刚当选党的十九大代表，10月赴北京参会。10月19日上午，习近平总书记参加贵州代表团讨论时，潘克刚将花茂村的鸟瞰照片赠送给总书记。总书记边看边称赞："这是风景画，很漂亮！"

2017年6月，贵州省农业委员会授予花茂村"最美村庄"荣誉称号。

2017年8月，国家旅游局授予花茂村"中国乡村旅游创客示范基地"称号。

2017年8月，住房和城乡建设部授予花茂村"全国改善农村人居环境示范村"称号与 2017 年中国人居环境奖。

2017 年 9 月，鸭枫合作社在花茂大坝基地创建科技示范园、生态体验园。

2017 年 12 月，花茂村共流转土地 2500 亩，建成九丰农业公园等现代高效农业产业，与红色文化、陶艺文化、乡村旅游有机结合，走农旅文商融合发展新路，经济迅速发展。

2018 年，花茂村以农村"厕所革命""卫生革命"为抓手，全面推进并完成厕所、生活用灶、牲畜圈舍等改造升级工作，完成改厕、改灶、改圈"三改"工作。全面实施绿化、美化、亮化"三化"工程，建立环境卫生管理五户联保制度。

2019 年，共新安装"雪亮工程"天眼 114 个，实现农村重要路段监控全覆盖，解决了群众出行不方便和不安全的问题。

2019 年，坚持农民主体、多元参与，努力将花茂村打造为乡村振兴示范点，特色乡村旅游又上新台阶。

2020 年 2 月，面对突如其来的新冠肺炎疫情，花茂村认真学习贯彻落实习近平总书记系列重要指示精神，在严防死守的基础上，统筹抓好春耕生产工作，积极组织、广泛动员农村群众投身春耕生产，帮助村民不误农时，尽快恢复正常生产生活，为农民增产增收打下基础。

后 记

  2000年冬天，受单位委派，我们到遵义市下属的习水县就农民负担问题进行采访。后因故车辆被困在路中几个小时，那是一个窘困的年代，虽然社会、经济环境已有起色，但总体上仍较为萧蔽，各种负面情况层出不穷。估计一时半会无法恢复通行，对当地道路比较熟悉的司机师傅就带我们绕下主路，在黔北乡间灰蒙蒙的土路上颠簸穿行，感觉如同一叶小舟在波峰浪谷间飘摇。

  在路过一个破旧零乱、毫无生气的村庄时，一位同事因为晕车实在受不了了，就问："我们这是到哪儿了？"司机师傅脱口而出道："花茂，花繁叶茂的花茂！"

  一车人哄堂大笑，司机师傅不明就里，问大家为何发笑。

  一位同事幽幽地答：这个地名让我想起搞笑电影中的那个叫如花的男人。

  花茂村，就是这样以一种"黑色幽默"的形式第一次出现在我们的视野中。

那时，我们怎么也不会想到，在生命中会和这个当时没有任何特色的村庄产生如此紧密的联系。

"花茂"这个名字再次出现在我们的视野中，是在2014年。我们的同事写了一篇反映苟坝会议旧址荒废，亟待拯救性保护的稿件引起相关方面的关注，贵州省各级政府决定开发苟坝和花茂一线的红色旅游线路，以此来带动解决当地农民的脱贫难题。在开发建设的过程中，花茂便开始经常出现在各种媒体上，有同事还开玩笑地说：我们去过的那个花茂村枯木逢春，真要花繁叶茂了。听了，笑一笑，也没当回事。心想：那么破败的一个偏远小山村能开出什么好花来？

没想到，花茂还真的实现了花繁叶茂，竟然引起了习近平总书记的关注和赞扬。

花茂村成了全国的焦点，不是因为名实相左的反差，而是因快速发展和变化。2017年，怀着朝圣般的心情再次来到这个被我们"嘲笑"过的村庄，我们被震惊了，"脱胎换骨""换了人间"这两个词用在这里一点都不夸张。优美的自然风光，整洁的街道，亮丽的民居，自信乐观的村民，让人的心情愉悦通畅。压在心底的乡愁，也被勾了起来。"这正是我们所向往的诗意栖居，是理想的终老之地啊！"同事们这么说，一点都没有说笑的意思。

所以，当刘伟先生问我们愿不愿意接受此书的采写任务时，我们几乎未加思索就答应了下来。这是一件很荣幸，也很愉快的工作。

因为花茂这个山乡的巨变过程太快，当我们开始着手采写时才发现，要想不把这个村庄的变迁写成流水账或枯燥的村志，实在是一件很困难也很痛苦的事情。加上自身工作原因，不断被抽调和借调长时间地从事其他政治性的工作，故而，书稿写写停停，一直没有成形，这给责任编辑杨宁先生造成了不少工作上的被动，在此深表歉意。

一直到 2019 年初，我们才理出一个以土地政策变革与中国农村、农民、农业之间的关系为主线的思路，力图把花茂这个小山村放到新中国 70 年历史发展的洪流中去展现。但又因学识和见识不足，没能很好地体现历史的厚重感与现实的振奋感，对我们而言实为憾事，面对出版社、编委会和刘伟先生，更是觉得万分愧疚。

在采写过程中，对口帮助我们的指导老师给予了高屋建瓴的大力指导，也让我们受益良多。花茂村的干部和老乡也给予了无私的支持。单位相关同事也提供了大量精美的图片和重要资料，在此一并表示衷心的感谢！

作者谨识

2020 年 4 月 26 日

编著者简介

主编：刘伟

高级编辑，光明日报社原副总编辑，中南大学中国村落文化研究中心教授，太和智库高级研究员。曾任人民日报社西藏站、山西站负责人，新华社西藏分社、山西分社社长，新华社人事局局长。出版小说集《等待蓝湖》，长篇散记《苍茫西藏》，长篇纪实《十一世班禅坐床记》等多部作品。

副主编：纪红建

文学创作一级，中国报告文学学会理事、青年创作委员会副主任。著有长篇小说《家住武陵源》，长篇报告文学《乡村国是》《哑巴红军传奇》等二十余部。获第七届鲁迅文学奖、第十五届精神文明建设"五个一工程"特别奖、第二届"茅盾文学新人奖"等，系中宣部"宣传思想文化青年英才"。

作者：卢志佳

供职于中央新闻媒体，资深记者，长期关注农村改革与农民脱贫相关问题，采写了大量脱贫攻坚新闻报道发表于中央媒体，作品曾获中国新闻奖、贵州新闻奖等。

作者：杨俊江

供职于中央新闻媒体，长期研究三农、宗教及边疆民族问题，出版有《百苗图现代图谱》《逸世之河》《榕江——流动的和谐》等 11 部著作，作品曾获相关奖项。

图书在版编目（CIP）数据

花茂沃土/卢志佳，杨俊江著. —长沙：湖南教育出版社，2020.6
（十村记：精准扶贫路／刘伟主编）
ISBN 978－7－5539－7570－2

Ⅰ.①花… Ⅱ.①卢… ②杨… Ⅲ.①报告文学—中国—当代 Ⅳ.①I25

中国版本图书馆 CIP 数据核字（2020）第 094785 号

十村记：精准扶贫路——花茂沃土
SHI CUN JI：JINGZHUN FUPIN LU——HUAMAO WOTU
卢志佳　杨俊江　著

总策划	黄步高　刘新民　黄永华　徐为
策　划	杨宁
出版统筹	杨宁　徐夏楠
责任编辑	马潇　王怀玉
装帧设计	肖睿子
责任校对	朱艳红
出版发行	湖南教育出版社（长沙市韶山北路 443 号）
网　　址	www.hneph.com
微 信 号	湖南教育出版社
电子邮箱	hnjycbs@sina.com
客服电话	0731－85486727
经　　销	湖南省新华书店
印　　刷	湖南省众鑫印务有限公司
开　　本	710 mm×1000 mm　16 开
印　　张	15.75
字　　数	200 100
版　　次	2020 年 6 月第 1 版
印　　次	2020 年 6 月第 1 次印刷
书　　号	ISBN 978－7－5539－7570－2
定　　价	65.00 元

本书若有印刷、装订错误，可向承印厂调换